ケティとラファエル
いっしょに時をかけてくれてありがとう
――――――――WM

TIME JUMPERS #1
STEALING THE SWORD

Published by arrangement with Scholastic Inc.,
557 Broadway, New York, NY 10012, USA
Japanese translation rights arranged with Scholastic Inc.,
through Japan UNI Agency, Inc., Tokyo

冒険《ぼうけん》は、ある日《ひ》とつぜんはじまる。
しんじられないかもしれないけれど、
これはほんとうのこと。

きっかけは、いたるところに落《お》ちている。
さびれたトンネルの先《さき》、おやしきのクローゼット、
それから、たとえばフリーマーケットで手《て》に入《い》れた
おんぼろ旅行《りょこう》かばんの中《なか》に……。

これは、そんなふうに、ある日《ひ》とつぜん、
冒険《ぼうけん》のまっただ中《なか》にほうりこまれた
兄《あに》と妹《いもうと》の物語《ものがたり》。

やあ、ぼくはチェイス！
そんで、あっちが妹《いもうと》のアリ。
今《いま》ぼくらは、フリーマーケットのじゅんびで
大《おお》いそがしなんだ。きみ、フリーマーケットって
知《し》ってる？　いろんな出店《でみせ》があつまって、
ほりだしものを見《み》つけるにはもってこいの場所《ばしょ》だよ。
チェイス
歴史《れきし》と恐竜《きょうりゅう》が大《だい》すきな
11さい。この本《ほん》の主人公《しゅじんこう》。
しゅみは本《ほん》とまんがを
読《よ》むこと。

それにしても、アリのやつおそいなあ……。

そろそろよんでこないと。

それじゃあ、またあとで。

いってきます！

どっちがいいかなあ。

なやむよー！

アリ
チェイスの妹《いもうと》。この本《ほん》の主人公《しゅじんこう》。おしゃれが大《だい》すきな10さい。しゅみは写真《しゃしん》をとること。

もくじ

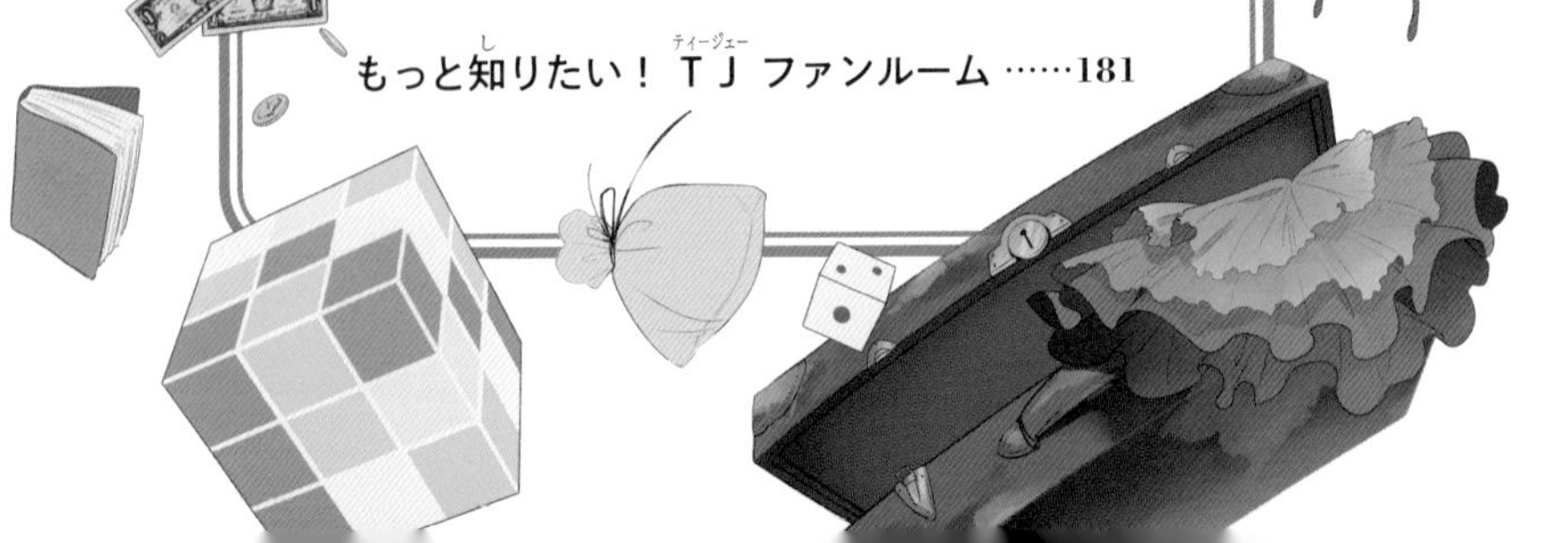

タイム・ジャンパーズ

TIME JUMPERS

冒険《ぼうけん》はある日《ひ》、とつぜんに

1

ウェンディ・マス 作
那須田 淳 訳　よん 絵

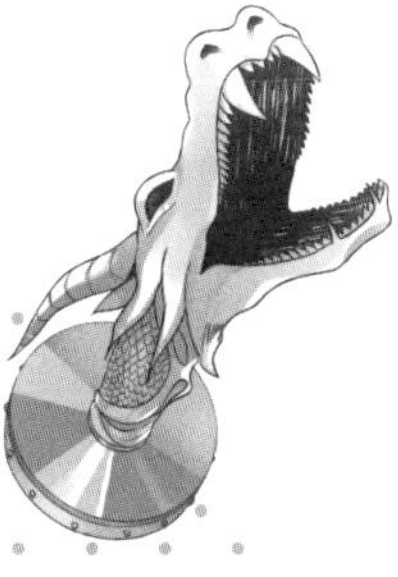

文響社

1 チェイスとアリ、ふたりはチーム

「まいどー！」

元気《げんき》よく、チェイスがさけびました。

夏休《なつやす》みの午後《ごご》のことです。

「おにいちゃん、あたしたちやるじゃん。もう四つも売《う》れたよ！」

妹《いもうと》のアリが目《め》をかがやかせました。

ふたりは今《いま》、公園《こうえん》の＊フリーマーケットで店番《みせばん》をしています。

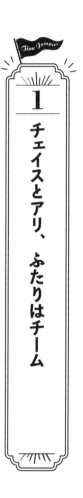

もとは、トランプのカードだったり、ただのビー玉《だま》やキャンディのつつみ紙《がみ》だったりしたものが、ふたりの両親《りょうしん》の手《て》にかかると、かわいいシマリスや妖精《ようせい》のエルフ、おしゃれな松《まつ》ぼっくりなどに大《だい》へんしん。

それを、「チェイスも十一さいだし、アリもいるから、まかせてもいいわよね」と、たのまれて、仕事《しごと》でいそがしいパパたちにかわって売《う》っているのです。子《こ》どもたちだけで店番《みせばん》なんて、ちょっぴりおとなになったみたいです。

「いらっしゃい、いらっしゃい」

かぶっていたぼうしをぬいで、大《おお》きくふりながら、チェイスが

＊フリーマーケット：不要品《ふようひん》や手製《てせい》の品物《しなもの》をもちよって売《う》り買《か》いする市場《いちば》。略《りゃく》して「フリマ」。

STAR

よびかけると、アリもつづけました。

「すてきな置《お》きものはいかがですか！」

すると、通《とお》りかかったおばさんが立《た》ちどまり、広告《こうこく》のちらしでつくった子《こ》イヌを見《み》つけて声《こえ》をあげました。

「まあ、なんてかわいいの！　これ、もしかして手《て》づくり？」

「はい。ぼくたちの両親《りょうしん》がしゅみでつくったものなんです」

チェイスがはきはきいうと、おばさんはにっこり。

「すてきね。じゃあ、これください」

「ありがとうございます！」

アリが、すかさず口《くち》をはさみます。

「しゅみっていうか、これは、うちのパパとママの『仕事《しごと》のストレスはっさん』っていうやつなの」

「えっ？」

おばさんは、目《め》をぱちくりさせました。

「ほら、毎日《まいにち》、書類《しょるい》かばんもって、つまんないくつをはいて会社《かいしゃ》にいってるから……。ふたりともストレスたまってるみたい」

アリは「つまんないくつ」といいながら、おつりをわたして、小《ちい》さな鼻《はな》にしわをよせました。きょうだって、せっかくの土曜日《どようび》なのに、パパたちはきゅうな呼《よ》び出《だ》しがあって、午後《ごご》から会社《かいしゃ》にでかけていったのです。

「つまんないくつねえ……」

おばさんはにがわらいすると、子《こ》イヌの置《お》きものを大事《だいじ》そうにもってかえっていきました。

「アリがへんなことというから、おばさんこまってたじゃないか」

チェイスがまゆをしかめます。

「でも、ほんとのことだもん。おとなが会社《かいしゃ》にいくときって、どうして、あんなにつまんないくつをはくのかなあ」

アリは自分《じぶん》のくつを、ぴょこぴょこと動《うご》かしました。ラインストーンがいっぱいついた、お気《き》に入《い》りのにじ色《いろ》スニーカーです。

「おとなになって仕事《しごと》をするようになっても、あたしはぜーったたい、あんなくつは、はかないいんだ」

アリは、つまらないことがだいきらい。いつだって、おもしろそうなことがないか、さがしている女《おんな》の子《こ》です。

「たしかに、パパたちの仕事《しごと》は、おもしろくなさそうだよな」

チェイスもうなずきました。

「あ、ネコ。今《いま》、草《くさ》むらに走《はし》っていった」

首《くび》からぶらさげたカメラで、アリはぱちりと写真《しゃしん》をとりました。

「見《み》た？　だれかのサンダルくわえてたよ」

と、そのとき、

「売《う》れゆきはどう？」

と、ママの声《こえ》がしました。仕事《しごと》がはやくおわって、もどってきてくれたのです。
「ママ、おかえりなさい！」
アリが両手《りょうて》を広《ひろ》げてスーツすがたのママにとびつくと、チェイスは大《おお》いそぎで、五つ売《う》れたことを報告《ほうこく》しました。
「すごいじゃない！　あなたたち、商売《しょうばい》の才能《さいのう》があるのね」

「まあね。ぼくとアリは、これで、わりといいチームなんだ」

「あら、いつもけんかばっかりしてるのに？」

「いざとなったら、っていうこと」

チェイスはにやりとして、アリとハイタッチをしました。

アリがママにたずねます。

「ねえ、ママ、フリーマーケットがおわらないうちに、ほかのお店《みせ》をのぞいてきてもいい？」

「もちろん。店番《みせばん》ありがとう、たすかったわ」

ママはそういって、おこづかいとして四*ドルずつくれました。

「夕方《ゆうがた》までには帰《かえ》ってくるのよ」

「りょうかい！」

ぼうしのひさしに手《て》をあてて敬礼《けいれい》すると、チェイスはさっそく近《ちか》くにとめてあった自転車《じてんしゃ》にとびのりました。

「まってよ、おにいちゃん！」

アリもいそいで自転車《じてんしゃ》にまたがります。

「あたし、むこうに気《き》になってるお店《みせ》があるんだ」

チリン、チリン！

ベルを鳴《な》らしながら、ふたりの自転車《じてんしゃ》は青空《あおぞら》の下《した》、マーケットのひとごみをさけて、遠《とお》まわりして走《はし》っていきます。

さて、きょうは、どんなほりだしものが見《み》つかるでしょうか。

＊ドル：アメリカ合衆国《がっしゅうこく》・カナダ・オーストラリアなどの通貨《つうか》の単位《たんい》。

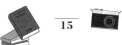

2 おんぼろの旅行《りょこう》かばん

「アリ、ちょっとまって」

たくさんのひとでにぎわうフリーマーケットを、自転車《じてんしゃ》をひきながら見《み》ていたチェイスが声《こえ》をあげました。古本《ふるほん》コーナーで、気《き》になるタイトルの本《ほん》を見《み》つけたのです。

アリも、チェイスが手《て》にした古本《ふるほん》をのぞきこみました。

「『ほんとうはこんなにおもしろい！　きみが知《し》らない101の歴史《れきし》

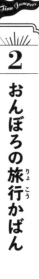

のひみつ』？　ふーん」

——きみが知《し》らない歴史《れきし》のひみつ？　しかもおもしろいって？　本《ほん》がすきなチェイスは、すぐにぱらぱらとページをめくりはじめました。

「見《み》ろよ、アリ、このページ。古《ふる》いお城《しろ》にかくされた、ぬけあなだってさ」

立《た》ち読《よ》みしながら、ひとりでもりあがっているチェイスをちらっと横目《よこめ》で見《み》ながら、

「かんべんしてよ」

と、アリは肩《かた》をすくめました。それからさっさと、あまいにおい

のするケーキの屋台《やたい》の列《れつ》にならびにいきます。
外《そと》はカリカリで、中《なか》はしっとりもちもちの、うすっぺらいドーナツみたいなファンネルケーキが、アリの大好物《だいこうぶつ》。
一ドルはらって、白《しろ》いこなざとうをたっぷりかけてもらい、アリがはふはふと食《た》べているあいだ、チェイスは古本《ふるほん》コーナーでさらにまんがを何《なん》さつか手《て》に入《い》れ、べつのお店《みせ》で、皮《かわ》のふくろに入《はい》ったさいころと、ルービックキューブをひとつ買《か》いました。

あとは足《あし》がぐりぐり動《うご》く恐竜《きょうりゅう》のおもちゃを買《か》うと、もらった四ドルはきえてしまいました。

「え、それ買《か》う？　ほんとそういうのすきだよねえ」

アリは、うへえという顔《かお》をおにいちゃんにむけると、すぐにほかのブースを見《み》わたし、大《おお》きなサングラスとおしゃれな写真《しゃしん》たてを見《み》つけました。それから、カラフルなチュチュも！

お気《き》に入《い》りのにじ色《いろ》スニーカーにぴったりです。

これで、ふたりとも、ママにもらったおこづかいはおしまい。

「でもね、へへ、あたし、あともう一ドルあるんだ」

アリがにっとわらって、ポケットから*コインを四まいとりだしてみせました。
こっそり、自分《じぶん》のためていたお金《かね》をもってきていたのです。
ふたりは、いつのまにかフリーマーケットのいちばん奥《おく》まできていました。
「ねえ、アリ、そのさいごの一ドルでかばんを買《か》わない？　きょう

見《み》つけた、ほりだしものが入《はい》りそうなやつをさ」

チェイスがいうと、アリが親指《おやゆび》をたてました。

「グッ、それいいかも。ほら、あそこにかばん屋《や》さんがある」

マーケットのいちばんはずれにかばんをいくつもならべてある店《みせ》がでています。

「あ、おにいちゃん、見《み》て！」

＊コイン：アメリカ合衆国《がっしゅうこく》の二十五セントコインのこと。四まいで百《ひゃく》セント＝一ドルになる。

「お、これいい！」

ふたりが同時《どうじ》に指《ゆび》さしたのは、こげ茶色《ちゃいろ》の古《ふる》い革《かわ》の旅行《りょこう》かばんでした。パパが仕事《しごと》にもっていく書類《しょるい》かばんよりもずっと大《おお》きくて、百倍《ひゃくばい》かっこいいやつです。

トランク型《がた》の「スーツケース」ともよばれるもので、かどはどこも傷《きず》ついて、取《と》っ手《て》もぼろぼろ。

でもそれが、なんともしぶくてい

い味《あじ》がでていました。

まえの持《も》ち主《ぬし》は、これをもってきっと世界《せかい》じゅうを旅《たび》したのでしょう。表側《おもてがわ》に、いろんな国《くに》や都市《とし》の名前《なまえ》が書《か》かれた色《いろ》あせたステッカーがはってあります。

ロンドン、ローマ、サウスダコタ、エジプト……。

すりきれたステッカーの文字《もじ》は、まだなんとか読《よ》めます。

すると、ほかのお客《きゃく》の相手《あいて》をしていた店《みせ》のおねえさんが、こちらをむきました。

「それ、かぎがこわれててあかないの。べつのを見《み》てみたら？」

「なんだ、こわれてるのか……」

チェイスは残念《ざんねん》でなりません。

あきらめきれないアリがききました。

「あの……。ちょっと、ためしてみてもいいですか？」

「べつにいいけど、その旅行《りょこう》かばんはすっごく古《ふる》いし、あかないんじゃ、使《つか》いものにならないでしょう」

おねえさんは肩《かた》をすくめると、べつのお客《きゃく》さんによばれてむこうにいってしまいました。

アリはしゃがみこんで、おんぼろの旅行《りょこう》かばんをかかえると、かぎをいじってみました。でも、びくともしません。

「やっぱり、こわれてるな」

チェイスがため息《いき》をついたとき、アリは「ん？」と首《くび》をひねりました。指先《ゆびさき》に、スースーと風《かぜ》があたるのです。

どうやら、旅行《りょこう》かばんのかぎあなからふいてきているようです。

「おにいちゃん、これ……」

歩《ある》きだしたチェイスがふりむくと、アリは声《こえ》をひそめました。

「このかぎあなにちょっと指《ゆび》をあててみて。つめたい風《かぜ》が中《なか》からふいてくる気《き》がするの」

「へええ」

チェイスは、にがわらいをうかべました。また、アリのいつもの「空想《くうそう》ごっこ」が、はじまったのだと思《おも》ったのです。

でも、アリは気《き》になってしかたがありません。ふいてくる風《かぜ》を
とめようと、かぎあなを強《つよ》くふさいでみました。
すると、シューと風船《ふうせん》の空気《くうき》がもれるような小《ちい》さな音《おと》がして、

カチャ！

おんぼろ旅行《りょこう》かばんのかぎの留《と》め金《がね》が、ひとりでに、ピンッと
たちあがったではありませんか！

3 いったいどうやって？

「おにいちゃん、あいちゃった！」

おんぼろかばんから顔《かお》をあげて、アリがぼうぜんとした目《め》で、チェイスをよびとめたときです。

店《みせ》のおねえさんが、あわてててぱたぱた走《はし》ってきました。

「うそでしょ？　あなた、いったいなにをしたの？」

「わ、わかりません。さわってたら、ひとりでに……」

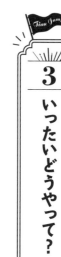

おねえさんにきかれて、中《なか》をたしかめるまもなく、アリは体《からだ》をちぢこまらせました。

チェイスがいそいでもどってきていいました。

「妹《いもうと》がすみません。でも、こわれていないなら、このかばん買《か》います。いくらですか？」

するとおねえさんは、かばんのふたをおさえると、アリからうばいとるようにして、だきかかえてしまいました。

「ごめんなさい。これ、売《う》りものじゃなかったの。だいじなものだから、あずかっておいてってたのまれていたんだった」

おねえさんはため息《いき》をついて、肩《かた》をちょっとすくめました。

STAR

「そんなたいせつなものを、ほかのかばんといっしょに店《みせ》にならべておくなんて、わたしって、ほんとばかね」

チェイスもアリもがっかりです。

でも、しかたがありません。

「ぼくも経験《けいけん》あります。去年《きょねん》、ぼくがだいじにしていた恐竜《きょうりゅう》のパズルを、ママがだまって、ここで勝手《かって》に売《う》っちゃったんだ。ジグソーパズルなんて、もうやらないんだけど、ぼくがどんなに恐竜《きょうりゅう》がすきか、ママは知《し》っていたはずなのにね」

アリが口《くち》をはさみました。

「おにいちゃんは、すごい恐竜《きょうりゅう》マニアでもあるの。このごろはいつだって、この恐竜《きょうりゅう》マークがついたぼうしをかぶってるんだから」

おねえさんは、チェイスのぼうしに目《め》をやって、ほんの少《すこ》しばかり、まぶしそうに目《め》を細《ほそ》めました。

「それ……もしかして自然史博物館《しぜんしはくぶつかん》の？　わたしのおじさんも、あそこにつとめているのよ」

「わあ、ほんとですか？　学校《がっこう》の遠足《えんそく》でいったとき、あそこではたらいている学芸員《がくげいいん》ていうの？　専門《せんもん》のひとにもらったんです」

「おにいちゃん、みんなびっくりの大活躍《だいかつやく》だったんだよね。ほら、いっちゃいなよ」

アリは、チェイスのおなかをうででおしました。

「たいしたことじゃないよ」

チェイスがもじもじうつむいて顔《かお》を赤《あか》くしていると、おねえさんは真顔《まがお》でいいました。

「その話《はなし》きかせてくれない？」

「ただ、博物館《はくぶつかん》のまちがいに気《き》がついて、教《おし》えただけなんです。ブロントサウルスの骨《ほね》のところに《アパトサウルスの骨《ほね》》って書《か》いてあったから」

　そのお礼《れい》にぼうしをもらったのだというと、おねえさんは小《ちい》さく、うんうんとうなずきました。

「ブロントサウルスは最新《さいしん》の考古学研究《こうこがくけんきゅう》で、アパトサウルスとは別《べつ》の種《しゅ》だって説《せつ》がでてきたのよね。博物館《はくぶつかん》なら、まちがえたらまずいわね」

「わ、よく知《し》ってますね」

チェイスはびっくり。

おねえさんはさっと手《て》をさしだしてきました。

「わたしも恐竜《きょうりゅう》がすきなの。はじめまして、わたし、マデレンよ」

チェイスは手《て》をにぎりかえしました。

「ぼくはチェイス。こっちは妹《いもうと》のアリです」

「妹《いもうと》っていっても、たったの十三か月《げつ》ちがいですけど」

アリが、いつものように口《くち》をとがらせました。

マデレンは、ふたりにほほえみかけ、それからおんぼろの旅行《りょこう》かばんに目《め》を落《お》とし、しばらくじっと見《み》つめていました。

「どうやらこれは、あなたたちがもっていたほうがよさそうね」

「えっ？」

「この旅行《りょこう》かばんが、新《あたら》しい持《も》ち主《ぬし》に、あなたたちをえらんだってこと」

なぞめいたことばに、チェイスとアリが顔《かお》を見《み》あわせると、マデレンはかばんをよこしました。

「こたえは、きっとあなたたちが見《み》つけてくれるでしょう。どうぞ、もってかえっていいわよ」

「いいんですか？」

アリがぱっと顔《かお》をかがやかせました。

マデレンがうなずくのを見《み》て、チェイスも声《こえ》をあげました。

「やった！　ありがとうございます！」

それから、はっとして声《こえ》をくもらせました。

「でも、じつは、ぼくたち一ドルしかもっていないんです」

「お金《かね》はいらないわ。あなたたちにあげる」

マデレンは、もういちど、そっと旅行《りょこう》かばんにさわると、ふたりに「じゃあね」と手《て》をふって、べつのお客《きゃく》さんのほうへ歩《ある》いていってしまいました。

アリは、チェイスにささやきました。

「すっごいラッキー！」

「でも、いいのかなあ」

「くれるっていうんだからもらっちゃいましょうよ。あのひとの気《き》がかわらないうちに」

「そうだね」

チェイスが旅行《りょこう》かばんをさげ、ふたりは自転車《じてんしゃ》をひっぱって、いそいで店《みせ》をあとにしました。

おんぼろかばんはずっしりしていて、歩《ある》くたびにひとりでに足《あし》のすねをうちました。しかも、歩《ある》くにつれて、どんどん重《おも》たくなってくるようです。

「どうしたの？　へんな顔《かお》して」

アリにきかれて、チェイスが、とまどったように答《こた》えました。

「これ、中《なか》になにか入《はい》ってるみたいだ」

「ほんとに？　そこで、ちょっとあけてみない？」

ふたりは店《みせ》から少《すこ》しはなれた木《こ》かげで自転車《じてんしゃ》をとめると、チェ

イスが草《くさ》むらに、かばんをなげだすように置《お》きました。
かばんのかぎあなからシューと風《かぜ》がふきだしてきていて、クローバーがそこだけゆれています。
ふたりは顔《かお》を見《み》あわせました。
しかもかばんをおさえると、ドンッ、ドンッと、中《なか》でなにかがあばれているような気配《けはい》さえするのです。

「まさか、子《こ》ネコがまぎれこんでいたりして」

アリは、いそいでかばんのふたをあけてみました。

そのしゅんかん、ブオッと強《つよ》い風《かぜ》がふきつけて、ふたりは、はじきとばされそうになりました。

おそるおそる、中《なか》をのぞいたチェイスが息《いき》をのみます。

「えっ、なんだこれ？」

4
かばんの中《なか》はふしぎがいっぱい

旅行《りょこう》かばんは、からっぽではありませんでした。

でも中《なか》に入《はい》っていたのは子《こ》ネコなんかではありません。いっぱいの小物《こもの》でした。それも、ひとつずつ銀色《ぎんいろ》のスポンジに、たいせつそうにおさめられています。

「なんだこれ。じゃがいも？　こわれたブローチ……？」

「これは……なにかの羽根《はね》……だよね？」

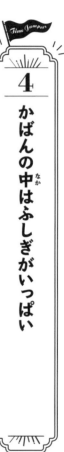

頭《あたま》をつきあわせてのぞきこんでいたふたりは、顔《かお》を見《み》あわせました。それは、なんとも奇妙《きみょう》なものばかりだったからです。

一列目《れつめ》には……

★生《なま》のじゃがいも　★ドラゴンの頭《あたま》がついたドアノブ
★金色《きんいろ》の箱《はこ》　★エメラルドグリーンのこん虫《ちゅう》のブローチ

二列目《れつめ》にはもっと奇妙《きみょう》なものが……

★土《つち》の入《はい》ったふくろ　★白《しろ》い羽根《はね》
★むらさき色《いろ》の細《ほそ》いキャンドル　★ガラス管《かん》

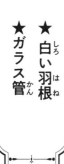

三列目《れつめ》にも四つのあながありましたが、そこはからっぽ。

いちばんなぞめいていたのは、四列目《れつめ》のあなでした。

そこにはひとつきりしかあいていなくて、いろんな色《いろ》の小《ちい》さな丸《まる》ボタンがついたヘンテコなものが、おさめられていたのです。

「これもしかして、テレビのリモコン？　いや、むかしのケータイ電話《でんわ》とかかなあ」

首《くび》をひねるチェイスの横《よこ》で、アリがむねのあたりで両手《りょうて》をたたいて、ぴょんぴょんとびはねています。

「おにいちゃん、これ、すごいよ！　今《いま》まで見《み》つけた中《なか》で、サイコーのほりだしものじゃない？　きっと、なにかの宝《たから》だよ」

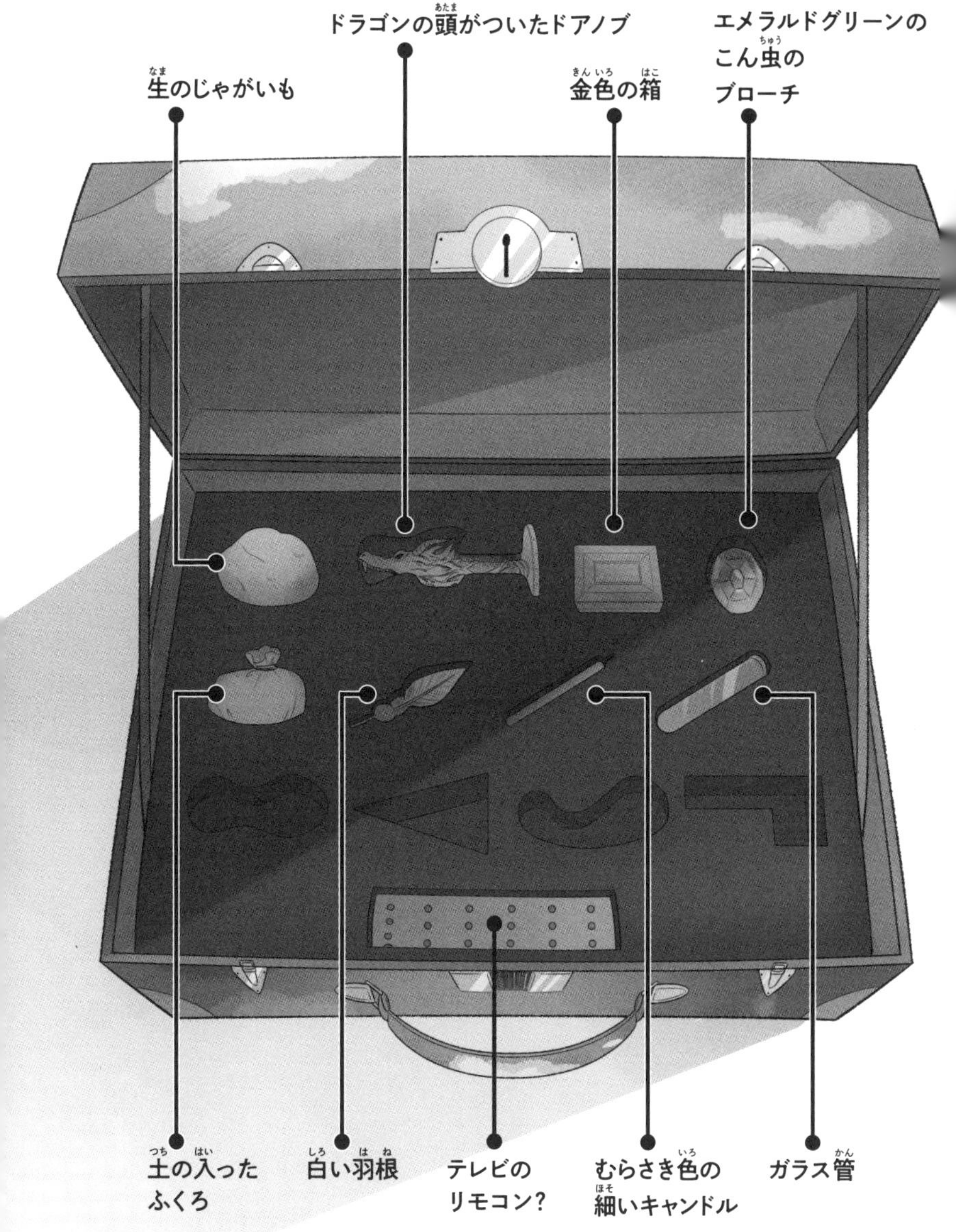
ドラゴンの頭《あたま》がついたドアノブ
エメラルドグリーンのこん虫《ちゅう》のブローチ
生《なま》のじゃがいも
金《きん》色《いろ》の箱《はこ》
土《つち》の入《はい》ったふくろ
白《しろ》い羽《は》根《ね》
テレビのリモコン?
むらさき色《いろ》の細《ほそ》いキャンドル
ガラス管《かん》

「そうかなあ」

チェイスはまじめな顔《かお》をしています。

「これかわいいから、あたしのね」

きれいな色《いろ》が大《だい》すきなアリが、さっそくエメラルドグリーンのこん虫《ちゅう》のブローチに手《て》をのばそうとすると……。

「ちょっとまてよ」

チェイスがとめました。

「どうしたの？」

アリが顔《かお》をあげました。

「これって……なぞだらけだろ？　さっきのマデレンさんが、このかばんに、こんなふしぎなものがいっぱい入《はい》ってるなんて、知《し》らなかったらどうする？」

「じゃあ返《かえ》すってこと？」

「ともかく、マデレンさんにたしかめてみなくっちゃ」

アリもしぶしぶうなずきました。

チェイスがかばんをしめて、たちあがろうとしたときでした。

ふいにだれかのどなり声《ごえ》がしました。

「おい、あれはどこだ？」

マーケットのお客《きゃく》たちが足《あし》をとめて、顔《かお》をむけているのは、ほかでもないマデレンの店《みせ》のようです。

灰色《はいいろ》のスーツを着《き》た背《せ》の高《たか》い男《おとこ》が、銀髪《ぎんぱつ》をふりみだし、マデレンにむかって、つかみかかりそうないきおいで、どなっています。

「かえせ！　おまえがもっていることは調《しら》べがついている！　わたしのかばんをどこにやった？」

5 灰色《はいいろ》のなぞの男《おとこ》

灰色《はいいろ》の男《おとこ》のどなり声《ごえ》に、木《き》のかげで、チェイスとアリはびくっと身《み》をよせあいました。

チェイスが、足《あし》もとの旅行《りょこう》かばんに目《め》をやります。

店《みせ》のまえで、マデレンが灰色《はいいろ》の男《おとこ》にいいかえしています。

「あなたのかばんなんて知《し》らないわ！　帰《かえ》ってください！」

けれども灰色《はいいろ》の男《おとこ》はマデレンをつきとばすと、店《みせ》にならべて

あったトランクやスーツケースを、手《て》あたりしだいにたしかめはじめました。

「いったい、どこにかくしやがったんだ！」

男《おとこ》は銀髪《ぎんぱつ》をふりみだしながら、らんぼうにケースの山《やま》をなぎたおし、空《そら》にむかって「ああ、くそったれ！」と、ほえました。

「あのひと、まるでライオンみたい……」

アリがチェイスにひそひそ声《ごえ》でささやきました。

「わたしのかばん！　あれはとってもだいじなものなんだ。おまえは、あれがなにかなんにも知《し》らないくせに！」

男《おとこ》はまた、からっぽのトランクをほうりなげました。

「おにいちゃん、あのひとがさがしてるのって……。まさかのまさか、この旅行《りょこう》かばんじゃないよね？」

アリが、チェイスを見《み》あげました。

「そうじゃないといいけどな。もし、あいつのものだったら、返《かえ》さないといけなくなるし」

「そんなのぜったいにいやだよ。だってあたしたちが買《か》ったのに」

アリが、べそをかきそうな顔《かお》をしました。

「正確《せいかく》にいうと、もらったんだけどね」

ふたりがささやきあっていると、灰色《はいいろ》の男《おとこ》は、さわぎをききつけて、集《あつ》まってきたひとたちをぎろっとにらみつけました。

あたりの空気《くうき》がいっしゅんでこおりついたようでした。

チェイスは片足《かたあし》で、おんぼろかばんを木《き》のうしろにおしこみました。なぜだか、あの男《おとこ》に見《み》つかっちゃいけない、そんな気《き》がしたからです。

「おにいちゃん、ナイス！」

アリが、にっとわらいかけてきました。

とうとうあきらめたのでしょうか。男《おとこ》はマデレンに指《ゆび》をつきたて、どなりました。

「おまえがかくしているのはわかっているんだ。ただですむと思《おも》うなよ！」

ひときわ背《せ》の高《たか》い灰色《はいいろ》の男《おとこ》は、フリーマーケットのひとのむれをかきわけるように、ずんずん歩《ある》いていってしまいました。

その背中《せなか》を見《み》おくっていたマデレンが、ふいに、チェイスとアリのほうをふりむきました。店《みせ》から少《すこ》しはなれた木《き》のかげに、ふたりがかくれていたのを知《し》っていたのでしょう。

それから声《こえ》をださずに、口《くち》だけを大《おお》きく動《うご》かしてこういったのです。

「にげて！」

6 はやく、はやく！

チェイスとアリは一瞬《いっしゅん》、身《み》をかたくしました。むこうで、さっきのあの灰色《はいいろ》の男《おとこ》がたちどまったからです。しかも、こちらに気《き》がついたのか、すごいいきおいでかけもどってくるではありませんか。

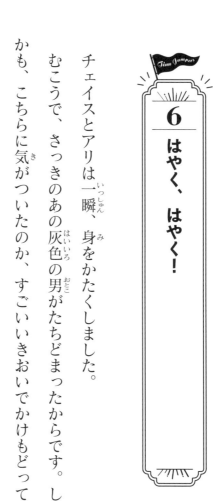

「まじかよ！」

チェイスがうめくと、アリはもう自分《じぶん》の自転車《じてんしゃ》にまたがっていました。

「おにいちゃん、はやく！」

チェイスも旅行《りょこう》かばんをつかむと、自転車《じてんしゃ》にとびのります。

とにかく、ここからはなれないと！

とはいえ、大《おお》きなかばんを片手《かたて》にぶらさげたまま自転車《じてんしゃ》をこぐのは、やっぱりすごくたいへんです。それにアリが、さっきの男《おとこ》が気《き》になって、うしろをふりむいたりするものだから、もう少《すこ》しでふたりの自転車《じてんしゃ》がぶつかりそうになりました。

「ばか、アリ、あぶない！」

「おにいちゃんこそ気《き》をつけてよ！」

いいながら、それでもふたりは木立《こだち》のあいだをぬうように走《はし》り、どうにかフリーマーケット会《かい》場《じょう》をぬけでると、家《いえ》の近所《きんじょ》の児童《じどう》公園《こうえん》までたどりつきました。子《こ》どもたちは、みんなフリーマーケットにいっているのか、ほかにだれもいません。

　アリは自転車《じてんしゃ》をベンチにたてかけ、

「ひゃ〜、こわかったね」

と、チェイスのほうをふりむきました。

「うん。でもここまでくれば、だいじょうぶ。だけど……」

チェイスは、ぜえぜえ息《いき》をきらしながら、旅行《りょこう》かばんをどしんと地面《じめん》に置《お》くと、うでをもみほぐしました。

「このかばん、ぜったいへんだよ」

「なんで？」

「だって重《おも》くなったり、軽《かる》くなったりするんだ。なんだか生《い》きているみたいに」

「ほんと？」

アリはそういいながらも、目《め》をきらきらさせています。

「ね、もういちど中《なか》を見《み》てもいい？」

そういうがはやいか、アリが旅行《りょこう》かばんに手《て》をのばしたとき、
カチャ！

小《ちい》さな音《おと》がして、またしても、ひとりでにかぎがあきました。

しかも、こんどは、ふたまでもがパカッと大《おお》きくあいたのです。

「わっ！」

びっくりしたアリが、目《め》をまんまるにしました。

「おにいちゃんのいうとおりだね。このかばん、ほんとうに生《い》きているみたい」

チェイスも、しんじられません。

ふいに、さっきのマデレンのなぞめいたことばがよみがえってきました。

「なあ、アリ、あのおねえさんがなんていったかおぼえてる？」

「お金《かね》はいらないわ。あなたたちにあげる、でしょ」

アリがこたえると、チェイスは首《くび》をふりました。

「それもそうだけど、そのまえにこういったろ。このかばんが、ぼくたちを新《あたら》しい持《も》ち主《ぬし》としてえらんだって」

「うん。でも、それって……」

「このかばん、ほんとうに心《こころ》をもっているのかもしれないぜ」

チェイスはそういったものの、妹《いもうと》にわらわれるかと思《おも》ったのですが、アリのほうもしんみょうな顔《かお》でうなずきました。

「あたしもそう思《おも》う」

ふたりはそのまま、しばらくかばんの中身《なかみ》を見《み》つめました。アリがふうと息《いき》をはいて、中《なか》に入《はい》っていたこん虫《ちゅう》のブローチに手《て》をのばします。

「だめっ！　あぶないものかも……」

チェイスがとめようとしたとき、スポンジにうまっていたドアノブが、むこうからとびだしてきました。あのドラゴンの頭《あたま》がついたやつです。

しゅるると一回転《いっかいてん》して、ひとりでに手《て》にすぽっとおさまったそれを、チェイスはぎゅっとにぎりしめました。

と、そのとき――。

地面《じめん》がぐらんぐらんと大《おお》きくゆれだしたのです！

「え、地震《じしん》!?」

アリが恐怖《きょうふ》のあまり、チェイスにしがみつきます。

チェイスはいそいでかばんのふたをとじ、アリをだきかかえました。アリがかばんのとってをにぎりしめます。

公園《こうえん》のブランコやすべり台《だい》が、ぐにゃりとゆがんで、まわりはじめます。木々《きぎ》も、むこうに見《み》える家《いえ》なみも、ぜんぶ。

世界《せかい》がまわっているのでしょうか？

それともふたりのほうが？

ぐるぐる、ぐるぐると、まわる速度《そくど》がどんどんはやくなっていきます。

小《ちい》さな空《そら》や雲《くも》が目《め》のまえにあらわれ、回転《かいてん》しながらきえていきます。

それから港《みなと》？

海《うみ》も。

今《いま》のは、南極《なんきょく》の氷《こおり》？

見《み》たことのない都市《とし》も。

動物《どうぶつ》や、いろんな国《くに》のひとびとが、音《おん》楽《がく》やさけび声《ごえ》とともに、まわりをとりまくうずの中《なか》にうかんではきえていきます。

アリはチェイスにしがみつき、
ぎゅっと目《め》をとじました。
――これは、ぜったいに、
地震《じしん》なんかじゃない！

7 お城《しろ》の中《なか》で

「あ、イタタタタ……。今《いま》の、なんだったんだ？」

チェイスがうめき声《ごえ》をたてて、おきあがろうとしました。

「う～ん、わかんない。あーあ、さっきファンネルケーキなんか食《た》べなきゃよかった。オエー……」

アリが、おなかをおさえて、しかめつらをしました。

おんぼろの旅行《りょこう》かばんは、チェイスのおしりの下《した》です。

ふたりがいるのは、どうやら部屋《へや》の中《なか》のようでした。

古《ふる》い板《いた》じきのゆかに、石《いし》をかさねたようなかべ。片側《かたがわ》には木箱《きばこ》がいくつもつみかさねられ、奥《おく》にはほうきやモップがたてかけられています。

「ここはどこだろう」

チェイスがおきあがると、アリも首《くび》をかしげました。

「どこかの物置部屋《ものおきべや》かなあ……？」

小《ちい》さなまどが、天井《てんじょう》のそばにひとつあるだけのうすぐらい部屋《へや》。

でも、ドアのすきまから、光《ひかり》がもれてきています。

チェイスは、ゆかにころがっていたドラゴンのドアノブをひろいあげました。

「まさか、これのせいってことか……？」

公園《こうえん》で、これをにぎったとたん、おかしなことになったのです。

もういちどにぎったりしたら、またへんなことになるかも……。

そう思《おも》って、チェイスは旅行《りょこう》かばんのふたをあけ、ドアノブをもとあったところにそっとおさめました。

「おにいちゃん、これはきっと夢《ゆめ》だよ。ためしてみて」

アリが、うでをつきだしました。チェイスがひじの上《うえ》をつねってやると、

「イタッ……。まじ？　夢《ゆめ》じゃないんだ」

アリが口《くち》をおさえました。

「ともかく、うちに帰《かえ》らなきゃ。そろそろ夕方《ゆうがた》だろ。ママにおこられるぞ」

そのとき、ドアのむこうでガシャンガシャンと音《おと》がして、ひとの声《こえ》がきこえてきました。

「よかった！　ここがどこか、きいてみようよ」

走《はし》りだそうとするアリをチェイスがとめました。

それから、ドアのかぎあなから外《そと》をのぞいて、ひとさし指《ゆび》をくちびるにあてました。

「ここからのぞいてみ」

アリもこしをかがめて、かぎあなから外《そと》をのぞいてみました。

ドアのむこうには、ふたりのおとなの男《おとこ》がたっていました。ひとりは背《せ》がすらっと高《たか》く、長《なが》いあごひげの男《おとこ》。もうひとりは、ずっと小《こ》がらでずいぶん若《わか》い感《かん》じです。

奇妙《きみょう》なことに、ふたりとも、物語《ものがたり》にでてくる騎士《きし》のようににぶく銀色《ぎんいろ》に光《ひか》る鎧《よろい》を着《き》て、こしに長《なが》い剣《けん》をさしています。

「なにあのかっこう。ハロウィーンにはぜんぜんはやすぎるよね？　もしかしておしばいの衣装《いしょう》？」

アリがささやくと、チェイスは、「シッ！」とだまらせました。

ふたりの男《おとこ》の声《こえ》がきこえてきます。

「きょうの剣術《けんじゅつ》の試合《しあい》は見《み》ものだぞ。やっとこの日《ひ》がきたのだ」

長《なが》いあごひげの男《おとこ》が若《わか》い男《おとこ》にわらいかけました。

「手《て》はずはついたということですか？」

「そうだ。もう、あともどりはできない」

「でも、われわれが、うしろで糸《いと》をひいているとばれたら？」

「若《わか》き王《おう》が気《き》づくものか！　伝説《でんせつ》の剣《けん》が使《つか》えなくても、王《おう》のことだ、いつものように勝《か》ちつづけるだろうしな。むしろ、怪力《かいりき》ビッグ・ロブがあらわれるまではそうしてもらわないと」

「では、あとのしかけも？」

「もちろん、そちらもぬかりはない。王《おう》は、あわれ、剣《けん》もろともまっぷたつにされ殺《ころ》される。ビッグ・ロブが英雄《えいゆう》になるのだ」

ふたりの男《おとこ》はニヤリと顔《かお》を見《み》あわせました。

「左《ひだり》と右《みぎ》で色《いろ》のちがう目《め》——オッド・アイ——をもつ、あの男《おとこ》がいっていましたね。英雄《えいゆう》ビッグ・ロブのために、大《おお》いにいわってやれと」

「そうしてやるとも。まだあとつぎもいない若《わか》き王《おう》がいなくなれば、あとは大臣《だいじん》のわしの思《おも》うがまま。おまえものぞみどおり出世《しゅっせ》させてやる。ビッグ・ロブには、あびるほど酒《さけ》をのませて、そのまま堀《ほり》にほうりこんでやろう……はははは」

「それにしても、こんなにことがうまく運《はこ》ぶとは。あの男《おとこ》が、目《め》ざわりな魔法使《まほうつか》いをつかまえてくれたおかげですね」

「おう、それだ。魔法使《まほうつか》いのじいさんはどうしている？」

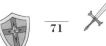

「そちらはおまかせを。このキャメロット城《じょう》の、だれもわからないところにとじこめてあります」

「よしよし」

長《なが》いあごひげの男《おとこ》は、若《わか》い騎士《きし》の肩《かた》をたたきました。

「それでは王《おう》のいいつけどおり、こちらは試合《しあい》の時間《じかん》まで、せいぜい魔法使《まほうつか》いをさがすふりでもしておこうか。あはははは」

騎士《きし》たちは高《たか》わらいをして、鎧《よろい》をガシャガシャ鳴《な》らしながら遠《とお》ざかっていきます。

かぎあなをのぞいていたふたりは、ふうと息《いき》をはきだしました。

「王《おう》さまが殺《ころ》される？　キャメロット城《じょう》だって？　どこかできい

たような……」

それにしても、ぼくらは、いったいどこにいるんだ？

チェイスが首《くび》をかしげると、アリがつぶやきました。

「おにいちゃん、今《いま》のひとたち、『魔《ま》法《ほう》使《つか》い』っていったよね？　まさか、ここにはほんものの魔《ま》法《ほう》使《つか》いがいるの？」

8 ペンドラゴンの広間《ひろま》

「ありえないよ」

チェイスは、この五分《ふん》のあいだに、そのことばをいったい何度《なんど》、口《くち》にしたことでしょう。

「ほんものの魔法使《まほうつか》いなんているもんか！」

「え、魔法《まほう》はあるし、魔法使《まほうつか》いもいるよ。妖精《ようせい》だってドラゴンだっているんだよ。怪獣《かいじゅう》や小人《こびと》のエルフはいないけど」

アリが口《くち》をとがらせると、チェイスは、またかというふうにまゆをつりあげました。アリの空想《くうそう》ずきは今《いま》にはじまったことではありません。でも、今《いま》は、そんなことで口《くち》げんかをしている場合《ばあい》ではないと思《おも》って、妹《いもうと》にいいました。

「ともかく、ここからでよう」

チェイスはかぎあなをのぞいて、だれもいないのをたしかめ、ドアをおしました。

ギイィ

ドアがきしんでひらいたとたん、ふたりは、息《いき》をのみました。

物置部屋《ものおきべや》の外《そと》は、シャンデリアがぶらさげられたすばらしい大《おお》広間《ひろま》だったのです。

大理石《だいりせき》のゆかに色《いろ》あざやかなラグがしきつめられ、部屋《へや》のまん中《なか》には、どっしりと大《おお》きなまるいテーブルが置《お》かれていました。

「一、二……。いすがぜんぶで、十三個《こ》！」

アリがかぞえているあいだ、チェイスは、広間《ひろま》のかべにかけられた大《おお》きなタペストリーに目《め》をうばわれていました。

ものすごく大《おお》きな赤《あか》いドラゴンの絵《え》。その下《した》に、金色《きんいろ》の文字《もじ》で古《ふる》いことばがしるされています。

「これ、なんて書《か》いてあるの？」

アリが小走《こばし》りに近《ちか》づいてきて、チェイスにたずねます。

「『ペンドラゴン』だよ。まえに本《ほん》で読《よ》んだことがあるんだ」
「じゃあ、ここってドラゴンの家《いえ》なのね」
「ちがうよ、アリ。『ペンドラゴン』は、ひとの名前《なまえ》だよ。でも、だれの名前《なまえ》だっけ。えっと、たしか……」
チェイスは、大《おお》いそぎで本《ほん》で読《よ》んだページを思《おも》いだそうとしました。

鎧《よろい》を着《き》た騎士《きし》、大《おお》きなまるいテーブル、十三個《こ》のいす、赤《あか》いドラゴンの絵《え》とペンドラゴンの文字《もじ》、そして魔法使《まほうつか》い……。

「あああああ！」

チェイスが声《こえ》をあげました。

「おにいちゃん、どうしたの？」

「ペンドラゴンは、別名《べつめい》『竜《りゅう》の頭《あたま》』ともいうんだ。グレート・ブリテン、つまり、今《いま》のイギリスになるまえ、ずっとむかしに国《くに》をおさめた王《おう》の、おとうさんにつけられた称号《しょうごう》だよ」

チェイスは世界《せかい》の歴史《れきし》についての本《ほん》やまんがを図書館《としょかん》でよく読《よ》

んでいました。その知識《ちしき》が役《やく》にたつときがくるなんて、なんだかふしぎです。

「だけど、こんなことって、ありえな……」

またさっきのことばをいいかけて、自分《じぶん》で首《くび》を横《よこ》にふりました。

「いや、そう考《かんが》えるしかないか」

「どうしたの？」

「うん、ぼくたちがどこにいるかわかったんだ」

チェイスは深呼吸《しんこきゅう》して、妹《いもうと》につげました。

「ここはアーサー王《おう》の城《しろ》だ。ぼくらは千年以上《せんねんいじょう》もむかしの世界《せかい》、歴史《れきし》のまん中《なか》にとびこんじゃったみたいだ」

9 ともかく、かくれなくっちゃ！

チェイスは、妹《いもうと》に「おにいちゃん、頭《あたま》だいじょうぶ？」とか、「はあ？　なにいってるの？」とか、いわれるだろうと思《おも》っていました。

でも、アリはふかふかのラグにあぐらをかき、こうきいただけでした。

「それってつまり、タイム・トラベルってこと？」

「うん、たぶん」

「わお……。でも、へんだよね」

「えっ、なにが?」

「騎士《きし》っていえば正義《せいぎ》のみかたのはずでしょ? なのに、さっきのふたり組《ぐみ》は悪者《わるもの》みたいだった」

え、考《かんが》えるところ、そっち?

チェイスはつっこみたくなりましたが、ぐっとこらえて、答《こた》えました。

「それは物語《ものがたり》の中《なか》の話《はなし》だろ。ぼくらは、ほんものの歴史《れきし》の中《なか》にいるんだ。騎士《きし》にも悪《わる》いやつだっているだろうさ。まあ、どっちに

しても、あいつらの悪《わる》だくみはうまくいかないよ」
「どうして？」
「だって、アーサー王《おう》は長《なが》生《い》きしたからね。あいつらは『若《わか》き王《おう》』っていってたから、まだ王《おう》はそんなに歳《とし》じゃない。つまり、なにか仕組《しく》んだとしても、うまくいかなかったってことだよ」
「だからって、王《おう》さまに教《おし》えてあげなくていいの？　あなた、命《いのち》をねらわれてますよって」

アリのことばに、チェイスは首《くび》をふりました。

「そんなことしたら歴史《れきし》が変《か》わってしまうだろ？　過去《かこ》のひととむやみにかかわるとか、そういうことはぜったいに、タイムトラベルでやっちゃいけないことなんだ」

「でも、ちょっとぐらい、いいじゃない。だって、もしおにいちゃんがまちがってたら、アーサー王《おう》は、きょう、殺《ころ》されちゃうかもしれないってことでしょ？」

アリがいいかえしました。

チェイスはきっぱり首《くび》をふりました。

「だめ。過去《かこ》にもどって、すでにおきたことをなにかひとつでも変《か》えてしまったら、時系列《じけいれつ》がめちゃくちゃになってしまうって、本《ほん》に書《か》いてあった」

歴史《れきし》は糸玉《いとだま》のようにこんがらがりながらも、じつは一本《ぽん》の糸《いと》でつながっているのです。でも、それがどこかで切《き》れてしまったら、未来《みらい》はちがうものになってしまいます。

おきるはずのなかった戦争《せんそう》がはじまったり、なおるはずの病気《びょうき》がなおらず広《ひろ》がったり。自分《じぶん》たちのいる世界《せかい》がとんでもなく変《か》わってしまうかもしれません。

へたをしたら、チェイスやアリのパパとママが出会《であ》っていないことだって。

「そうしたら、ぼくらは生《う》まれていない」

「そんなことある？　だって、あたしたちここにいるじゃない」

「だから、それはまだ歴史《れきし》が変《か》わってないからだろ」

「ふん、ずいぶん、おくわしいですこと」

アリはわざとていねいな口調《くちょう》でいやみをいうと、つんと鼻《はな》をむこうにむけました。

こういうときの妹《いもうと》は手《て》がつけられません。

「じゃあ、あたしたちはどうしてここにきたわけ？　王《おう》さまをたすけるためだったら、どうするの？」

「たまたまだろ。あの旅行《りょこう》かばんのせいだ」

チェイスはそういって、はっとしました。

「まさか、あのかばんが、タイム・マシンってことか……？」

「でも、だったら、なんであたしたち、このお城《しろ》にきたの？　それにどうやって帰《かえ》るの？」

「うるさい、そんなのぼくにだってわかんないよ！」

チェイスがさけび、アリが、今《いま》にも泣《な》きそうな顔《かお》になりました。

「どなったりして、ごめん」

「ううん。ここにとばされたのは、おにいちゃんのせいじゃないし。あたしのほうもごめんね」

アリも鼻《はな》をすりながら、小声《こごえ》であやまりました。

チェイスはポケットからティッシュをだしてわたすと、やさしい声《こえ》でいいました。

「せっかくだから、剣術《けんじゅつ》の試合《しあい》っていうのを見《み》にいこうぜ。生《い》きてるアーサー王《おう》に会《あ》えるなんてすごいチャンスだし、うちに帰《かえ》る方法《ほうほう》も、なにかわかるかもしれないし」

「でも、こんなかっこうで歩《ある》きまわったら、めだっちゃわない?」

チェイスもそのとおりだと思《おも》いました。

「どこかで服《ふく》を借《か》りなくちゃ」

さっきの物置部屋《ものおきべや》にもどってみましたが、洋服《ようふく》らしきものはありません。

「ほかをあたろう。でも、旅行《りょこう》かばんをもって歩《ある》きまわれないな」

「ここにかくしておいたら？　その木箱《きばこ》のうしろとかは？」

「ばっちり」

チェイスは、アリが見《み》つけた《酢《す》づけプラム》とラベルのはってある箱《はこ》のうしろに旅行《りょこう》かばんをしまい、かぶっていたぼうしとアリのカメラもかくしました。

この時代《じだい》には、野球帽《やきゅうぼう》なんてないし、もちろんカメラもまだ発《はっ》

文響社
book catalog

泣ける！刺さる！シリーズ史上、最大の反響、口コミ続々！

夢をかなえるゾウ4
ガネーシャと死神

シリーズ430万部突破！

著：水野敬也

定価（本体1,580円＋税）
ISBN978-4-86651-240-2

「**泣きながら学べる本**」の完成。普段は読書なんかしないけど、**この本がやばいことはわかる。学校の教科書にすべき。**（30代・女性）

「夢は手段であり、目的は幸せになること」「**夢をかなえても幸せになるとは限らない**」すてきな言葉がたくさん詰まってた、あれこれと考える時期に出合えてよかった。（40代・女性）

心にしみた～！ビックリするくらい泣いた！もったいなくて、1週間かけて読みました。いまから「死ぬまでにやりたいことリスト」作ります！ありがとうガネーシャ、死神！映像化希望！（20代・男性）

爆笑小冊子
期間限定公開中！

文庫版も大ブレイク中!!　次ページへ

明《めい》されていないからです。

「よし、いこう！」

ふたりは広間《ひろま》にもどり、さらに大《おお》きな石《いし》の階段《かいだん》を二段《だん》とばしでかけあがると、廊下《ろうか》にでました。

だれにもあいませんように……。

チェイスのいのりが通《つう》じたのか、さいわいなことにむこうからやってくるひとはいません。

なんとか芝生《しばふ》をわたり、むかいにそびえている石《いし》づくりの大《おお》きな建物《たてもの》にかけこんで、最初《さいしょ》に見《み》つけた部屋《へや》にとびこみました。

ベッドのうしろのクローゼットが少《すこ》しあいていて、ドレスがつるしてあるのが見《み》えます。どうやら女《おんな》のひとの寝室《しんしつ》のようです。

「ごめんなさい、借《か》りますよ～」

アリがこっそりことわって、クローゼットをのぞきました。はなやかなドレスにまじって、一まいだけ、フリルのついた白《しろ》いシャツがあります。

「あたし、これにする！」

アリが手《て》をのばそうとすると、チェイスに横《よこ》どりされました。

「これはぼくが借《か》りる」

「えー、あたしが先《さき》に見《み》つけたのに」

「ぼくにドレスを着《き》ろっていうの？」

これにはアリも、にがわらい。

「おにいちゃん、案外《あんがい》にあうかもしれないのに」

アリは、いかにも女《おんな》の子《こ》といったドレスを着《き》ることに、ぶうぶういっていましたが、スウェットの上《うえ》からかぶると、まんざらではなくなりました。

長《なが》いすそをひょいともって、くるくるとおどりだします。

「スニーカーもかくれるし、悪《わる》くないかも」

チェイスのほうも、白《しろ》いシャツのボタンをとめるのに苦労《くろう》していましたが、なんとか着《き》がえて、ふうと息《いき》をはきました。

そのときです。

ガチャリ！

寝室《しんしつ》のドアがゆっくりひらきはじめたのです。

10 伝《でん》説《せつ》の宝《ほう》剣《けん》エクスカリバー

「さあ、王妃《おうひ》さまのお部屋《へや》をきれいにしないと」

廊下《ろうか》で女《おんな》のひとの声《こえ》がきこえました。もうひとりいるようで、

「そうしましょう」と返事《へんじ》をしています。

ふたりのメイドが部屋《へや》に入《はい》ってきたのは、チェイスがアリをひっぱって、なんとかベッドの下《した》にもぐりこんだときでした。

いくらこの時代《じだい》のドレスを着《き》ていても、王妃《おうひ》さまの部屋《へや》で見《み》つ

かったら、たいへんな騒動《そうどう》になるにきまっています。

「ふう、まにあったあ」

チェイスが小声《こごえ》でいいましたが、ベッドの下《した》はほこりだらけ。鼻《はな》がむずむずして、あわてて手《て》でつまみました。くしゃみをしたらたいへんです。

「ん、なにかいった？」

「なにも」

「だれかの声《こえ》がきこえたみたいだったけど、へんねえ……？」

メイドたちはまどをあけ、てきぱきとベッドのシーツをとりかえます。茶色《ちゃいろ》い編《あ》みあげぐつをはいた四本《ほん》の足《あし》がベッドのまわりをいったりきたりしています。

（ベッドの下《した》をのぞかれませんように、アーメン）

アリが口《くち》だけうごかして、神《かみ》さまにいのりました。

メイドたちの声《こえ》が耳《みみ》に入《はい》ってきます。

「きょうの剣術《けんじゅつ》の試合《しあい》はどうなると思《おも》う？　挑戦者《ちょうせんしゃ》は四人《にん》もいるんですって」

「もちろん、王《おう》さまの勝《か》ちにきまっています。どんな達人《たつじん》も、最《さい》強《きょう》の剣《けん》、エクスカリバーにかないっこないでしょうよ」

エクスカリバーだって……？

チェイスは思《おも》わず、聞《き》き耳《みみ》をたてました。

エクスカリバーとは、アーサー王《おう》の伝説《でんせつ》にでてくる魔法《まほう》の剣《けん》です。巨大《きょだい》な岩《いわ》につきささっていたこの宝剣《ほうけん》をぬいたものこそ、この国《くに》の王《おう》であるという言《い》い伝《つた》えをきいて、多《おお》くの若者《わかもの》たちがためしましたが、剣《けん》はびくともしませんでした。

ところが少年《しょうねん》のアーサーが手《て》にしたしゅんかん、まるで剣《けん》は持《も》ち主《ぬし》を見《み》つけたみたいにするりとぬけたのです。

チェイスは本《ほん》で何度《なんど》もその伝説《でんせつ》を読《よ》みました。そのシーンを読《よ》むたびに、いつもむねがどきどきしました。

あのエクスカリバーをこの目《め》で見《み》られるなんて……。

それにしても、剣《けん》のほうが持《も》ち主《ぬし》を見《み》つけるなんて、まるで、さっきの旅行《りょこう》かばんのようじゃないか。

チェイスがそう心《こころ》の中《なか》でつぶやいたとき、メイドたちが、「せーの」と声《こえ》をそろえて、シーツをかけました。

「それにしても、アーサー王《おう》さまはなんてりりしいの」

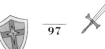

「ほんと、この絵《え》すがたは、いつ見《み》てもうっとりしてしまう」

「あら、そんなこと、王妃《おうひ》グィネヴィアさまのお部屋《へや》でいったらいけないわ」

メイドたちはくすくすわらいながら、でていきました。

✷

チェイスは、足音《あしおと》がきこえなくなるまでまって、「もういいよ」と、アリに合図《あいず》すると、ベッドの下《した》からはいだしました。

「これ、王妃《おうひ》さまのドレスだったたんだね」

アリは、へへっと大《おお》きな鏡《かがみ》をのぞきこみ、ふりむいて「あっ」と、声《こえ》をあげました。

「どうしたの？」

チェイスのうしろのかべに、王《おう》の大《おお》きな肖像画《しょうぞうが》がかかっていました。メイドたちはこの絵《え》に見《み》とれていたのでしょう。

これこそが若《わか》いアーサー王《おう》のすがたのようです。

「なるほど、カッコいいなあ」

「それは否定《ひてい》しないけど。それより王《おう》さまがもってる剣《けん》……」

「これがエクスカリバーだな」

「じゃなくて剣《けん》の『取《と》っ手《て》』のほう！」

アリがいらっとしていうと、チェイスは「それは『取《と》っ手《て》』じゃなくて『柄《つか》』というのさ」といいなおして、はっとしました。

絵《え》の中《なか》で、若《わか》いアーサー王《おう》が手《て》にしている宝剣《ほうけん》の柄《つか》は……。
あのおんぼろ旅行《りょこう》かばんに入《はい》っていた、ドラゴンのドアノブに
そっくりだったからです。

11 ひみつのドア

「でも……。あのドアノブが、宝剣《ほうけん》エクスカリバーの柄《つか》だったとしたら、なんで旅行《りょこう》かばんの中《なか》なんかに入《はい》っていたんだろう」

チェイスが考《かんが》えていると、アリがききました。

「エクスカリバーって、どうして最強《さいきょう》の剣《けん》ってよばれてるの？」

「魔法使《まほうつか》いマーリンが魔法《まほう》をかけたからだよ。それでどんなときでも、折《お》れたり、刃《は》がかけたりすることがないんだ」

「だけど、さっきの騎士《きし》たちがいってたよね。王《おう》さまはきょうの試合《しあい》で伝説《でんせつ》の剣《けん》を使《つか》えないって」

「あ、そうか」

チェイスは、さっきの騎士《きし》たちのことばを思《おも》いだしました。

「たしか、左《ひだり》と右《みぎ》で色《いろ》のちがう目《め》をもつ――オッド・アイとかいう男《おとこ》が、魔法使《まほうつか》いをつかまえたっていってたよな。もしかしたら、そのとき剣《けん》の魔力《まりょく》がこわされてしまったのかも」

「ねえ、おにいちゃん。もしかして剣《けん》の柄《つか》を未来《みらい》に送《おく》ったのも、そのオッド・アイの男《おとこ》ってことはない？　だったら、そのひと、あたしたちがうちに帰《かえ》る方法《ほうほう》を、知《し》っているかもよ」

チェイスは指《ゆび》をぱちっと鳴《な》らしました。

「いいぞ、アリ。それだ。ともかくオッド・アイ男《おとこ》を見《み》つけよう！　でも時間《じかん》がないぞ。エクスカリバーが使《つか》えなかったら、アーサー王《おう》はビッグ・ロブとの試合《しあい》で負《ま》けてしまうかもしれない。下手《へた》したらしんでしまうかも。そしたら……」

「歴史《れきし》が変《か》わっちゃう！　あたしたちもきえてしまうかも」

アリが、いやだとぶるっとふるえました。

「うん。それだけは、なんとしてもふせがなきゃ」

チェイスが、アリを見《み》ました。

「さっきアリがいったよね。ぼくたちがここにきたのは、王《おう》さまをたすけるためだったらどうするって。ほんとうに、そうなのかもしれない……それとも……」

「どうしたの？」

「いや、マデレンの店《みせ》にいた灰色《はいいろ》の男《おとこ》が、旅行《りょこう》かばんをひっしにさがしていただろ？　あいつがいいやつで、アーサー王《おう》のためにエクスカリバーの柄《つか》をなんとかとりもどそうとしていたんだとしたら、どうする？　ぼくらは、とんでもないまちがいをおかしたことになる」

あせるチェイスのうでに、アリはそっと手《て》を置《お》きました。

「だいじょうぶ、おにいちゃん。まだ、まにあう。だって、あたしたちは今《いま》ここにいて、エクスカリバーの柄《つか》をもってるんだよ？　旅行《りょこう》かばんが、あたしたちをここにつれてきたんだったら、あたしたちでなんとかしよう！」

アリのことばに、チェイスは顔《かお》をあげました。

「そうだね。ありがとう」

うなずくと妹《いもうと》の手《て》をぎゅっとにぎって、王妃《おうひ》の寝室《しんしつ》をでました。ともかく旅行《りょこう》かばんをとってこようと思《おも》ったのです。

ところが、廊下《ろうか》にでると笑《わら》い声《ごえ》がしました。さっき、悪《わる》だくみについて話《はなし》をしていた騎士《きし》たちのようで、むこうから近《ちか》づいてきます。

しかも中庭《なかにわ》では、赤《あか》いドラゴンのタペストリーがあった建物《たてもの》のまわりで、おおぜいの兵士《へいし》たちが休《やす》んでいたのです。

これではどこにいこうと、すぐに見《み》つかってしまいます。

しかたなく、チェイスとアリは王妃《おうひ》の部屋《へや》にもういちど、もどりました。

「ああ、どうしよう」

このままでは時間《じかん》がどんどんすぎていくばかりです。

チェイスは、王妃《おうひ》の部屋《へや》を歩《ある》きまわりながら、本《ほん》だなをおしたり、部屋《へや》のかべをさぐったりしはじめました。

「おにいちゃん、なにしてるの？」

「本《ほん》の中《なか》だとさ、お城《しろ》にはどこかにひみつのドアがあって、かくされた廊下《ろうか》から脱出《だっしゅつ》できるようになってたりするんだ」

（どっちが空想《くうそう》ずきよ、もう）

そう思《おも》いつつ、アリもかべに手《て》をはわせてみました。

クローゼットのわき、鏡《かがみ》をとおり、ぐるっとまわってアーサー王《おう》の肖像画《しょうぞうが》の下《した》まで。

「ん？　おにいちゃん、ここになにかあるよ！」

アリが、かべをおしてみると、ぎいっと引《ひ》っこんで、石《いし》でできたらせん階段《かいだん》があらわれました。なんとアーサー王《おう》の肖像画自体《しょうぞうがじたい》がかくしドアになっていたのです。

「うそだろ！」

「へっへっへー。あたし、かんがいいんだ」

アリがじまんすると、チェイスは鼻《はな》でわらいました。

「たんなるまぐれにきまってるさ」

ふたりは、王妃《おうひ》の部屋《へや》のローソクを手《て》に、うす暗《ぐら》いかくしドアから、らせん階段《かいだん》をのぼっていきました。ふたりの影《かげ》がゆらゆらと、まるいかべにゆれています。

とてつもなく高《たか》い塔《とう》の階段《かいだん》でした。のぼってものぼっても、のぼってもまだつづきます。しかも、やっとのぼりきったと思《おも》ったのに、そこはいきどまりで、石《いし》のかべがあるだけでした。

「ちぇっ、いきどまりかあ」
チェイスが、はあはあ息《いき》を切《き》らせながら、手《て》をひざにのせてい
ると、アリが「うへえ」と声《こえ》をあげました。
「なんか、かべのへんなものさわった」

チェイスがローソクをアリに近《ちか》づけ、口笛《くちぶえ》をふきました。

「これはかぎだよ。むこうに部屋《へや》があるはずだ。見《み》て、このすきまから光《ひかり》がもれてる！」

かべにうめこまれたかぎに、アリが気《き》づいたのです。

「ごめん、さっきの訂正《ていせい》。やっぱりアリはかんがいい」

「でしょう？」

アリがにんまりしました。

チェイスはさっそくかぎの留《と》め金《がね》をひきぬき、石《いし》のかべにたいあたりしました。

思《おも》いのほかドアは軽《かる》く、いきおいよくむこうにたおれこみます。

そこは塔《とう》のてっぺんらしい小《ちい》さな円形《えんけい》の部屋《へや》でした。天井《てんじょう》のステンドグラスが、ゆかにきらきらとカラフルな色《いろ》をまきちらしています。テーブルにうず高《たか》く本《ほん》がつまれています。

まどべのいすに、先《さき》のとがったむらさき色《いろ》のぼうしをかぶった老人《ろうじん》がひとり、こしをおろしていました。

「おや、見《み》かけぬ小《ちい》さな騎士《きし》と、ひめぎみだの。もしかして、トランプの手品《てじな》でも見《み》にきたのかね？」

老人《ろうじん》はふたりを見《み》て、しゃがれた声《こえ》をかけてきました。

12 ほんものの魔法使《まほうつか》い

老人《ろうじん》の顔《かお》には年老《としお》いたカメのようなしわがきざまれていました。

でも、その目《め》は少年《しょうねん》のようにキラキラとかがやいています。

「……もしかして、あなたはとらわれた魔法使《まほうつか》いですか？」

さっきの騎士《きし》たちが話《はな》していたのを思《おも》い出《だ》して、アリがききました。

「いかにも。見《み》るに、おまえさんたちは、わしをここにとじこめた、あの男《おとこ》とは別人《べつじん》のようじゃ」

老人《ろうじん》はそういうと、かべにあいたあなを見《み》つめました。

「しかも、にげ道《みち》をつくってくれたのだな。ありがたい」

老人《ろうじん》はにっこりしました。

「あなたが魔法使《まほうつか》いのマーリン？　あの、ゆ、有名《ゆうめい》な……」

チェイスが声《こえ》をうわずらせ

ると、老人《ろうじん》はうなずきました。

「有名《ゆうめい》かどうかは知《し》らんが、魔法使《まほうつか》いとして、アーサー王《おう》の父上《ちちうえ》のころからお仕《つか》えしておるのはたしかだ。ところでおまえさんたちは……」

マーリンはふいに、そばにあった杖《つえ》をつかみました。

「あ、あやしいものじゃないです！」

アリはマーリンの杖《つえ》におびえながら、さけびました。

「どうか、ねずみなんかにしないで！」

「ふふふ、おかしなことをいうおひめさまだの」

マーリンは、足《あし》が悪《わる》いので歩《ある》くときには杖《つえ》がなくてはいけない

のだとわらいました。

「せっかくおいでになったのだから、お茶《ちゃ》でもいれてしんぜようと思《おも》ったまで」

「でも、そんなのんびりしている場合《ばあい》ではありません」

偉大《いだい》なる魔法使《まほうつか》いにめぐりあってパニックになりかけていたチェイスは、やっとたちなおっていいました。

「アーサー王《おう》があぶないのです！」

マーリンは、すわりなおしました。

「ふむ。いそがばまわれという。順番《じゅんばん》に話《はな》してごらん」

「はい。えっと……しんじてもらえないかもしれないけれど、ぼくたちは、ずっと先《さき》の未来《みらい》からきたんです」

チェイスは、これまであったことを話《はな》しました。フリーマーケットで見《み》つけたおんぼろ旅行《りょこう》かばんのこと、中《なか》に入《はい》っていたたくさんのほりだしもののこと。そのひとつ、ドラゴンの頭《あたま》がついたドアノブをさわったとたん、この世界《せかい》にとばされてしまったことも。

「それで、さっき妹《いもうと》のアリが気《き》づいたんです。そのドラゴンのドアノブが、アーサー王《おう》の絵《え》にえがかれた、エクスカリバーの柄《つか》にそっくりだってことに」

チェイスはつづけました。

「なるほど」

マーリンはうなずきました。

アリが、未来《みらい》からやってきた証拠《しょうこ》として、ドレスの下《した》からにじ色《いろ》スニーカーをだして、つま先《さき》をぴょこぴょこうごかして見《み》せると、マーリンは少《すこ》しばかり目《め》を細《ほそ》めました。

「ほう、これはうつくしい。わしはきれいなものがすきでな。それに、おまえさんらが未来《みらい》からきたということはうたがっておらんよ。片方《かたほう》の目《め》が茶色《ちゃいろ》で、もう片方《かたほう》の目《め》が緑色《みどりいろ》の男《おとこ》もそういっておったからな」

「それ、騎士《きし》たちが話《はな》していたオッド・アイ男《おとこ》のことだね」

チェイスとアリはうなずきあいました。

「そのひとも未来《みらい》からきたといったのですか？」

「いかにも。そしてあいつはとほうもない力《ちから》で、わしをつかまえ、こんなところにとじこめおった」

「偉大《いだい》なる魔法使《まほうつか》いのあなたでも、かなわなかったのですか？」

チェイスがきくと、マーリンはうなずきました。

「ゆだんして、ふいをつかれたからな。それにしても、チェイスどのはアーサー王《おう》があぶないといったが、どういうことだね？」

「これから剣術《けんじゅつ》の試合《しあい》があるのはごぞんじですか？」

「ああ、だが、エクスカリバーがなくとも、王《おう》の剣《けん》のうでまえを

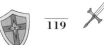

もってすれば、負《ま》けるとも思《おも》わんが」

チェイスがつづけました。

「アーサー王《おう》は、きょうビッグ・ロブという相手《あいて》とたたかうことになってるんです。そいつはとんでもない怪力《かいりき》で、エクスカリバーなしでは、王《おう》はまっぷたつになっちゃうって、ふたりの騎士《きし》がいっていました。長《なが》いあごひげの男《おとこ》と、若《わか》い騎士《きし》です」

「やはり、うしろに大臣《だいじん》がひそんでおったか……」

魔法使《まほうつか》いは、ふたりの騎士《きし》に心《こころ》あたりがありそうでした。杖《つえ》をつきながらいすにもどると、まどべのテーブルにのっていた水晶《すいしょう》のたまをのぞきこみました。

「どうりで水晶《すいしょう》が朝《あさ》からあやしくうごめいていたわけだ。ところで未来《みらい》からきたおふたりよ、アーサー王《おう》は長生《ながい》きをするのかね？」

「ええ、とっても。それでたくさんの偉大《いだい》なことをされるのです。どんなことをしたかというと……」

チェイスが口《くち》をひらくと、マーリンは手《て》をあげてとめました。

「そこまでじゃ。過去《かこ》と、現在《げんざい》と、未来《みらい》は、この大宇宙《だいうちゅう》の中《なか》で川《かわ》のようにながれている。もし、わしが王《おう》の偉業《いぎょう》を知《し》ることで、なにかが変《か》わってしまったら、おまえさんたちの未来《みらい》がおかしくなってしまうだろう」

「おにいちゃんも、さっきそんなことといってたね」

アリがチェイスのほうを見《み》ました。

「王《おう》が長命《ちょうめい》であるなら、歴史《れきし》を変《か》えぬためにも、なんとしても守《まも》らなければ。ともかく、エクスカリバーをなおさねばならん。その、ドラゴンのドアノブとやらを、もってきてもらえるかね？」

マーリンがそういったので、

「はい！」

チェイスとアリは声《こえ》をそろえました。

そのとき、遠《とお》くで鐘《かね》が鳴《な》りました。

「まずい……試合《しあい》までにはもう時間《じかん》がないぞ」

マーリンは、チェイスたちをこわれたかべまで見送《みおく》ってくれました。

「広場《ひろば》であおう。わしもすぐにいく。もしすがたが見《み》えなくても心配《しんぱい》はせんでよい。ちゃんとそこにおるからの」

魔法使《まほうつか》いのなぞめいたことばとともに、チェイスとアリは、おしだされるようにして塔《とう》のへやからでると、そのままいっきに階《かい》段《だん》をかけおりました。

お城《しろ》のひとたちは、みな試合《しあい》の見物《けんぶつ》にいっているのでしょう。

だれともすれちがわずに、ペンドラゴンの広間《ひろま》がある建物《たてもの》にとびこみ、物置部屋《ものおきべや》にすべりこむことができました。

おんぼろの旅行《りょこう》かばんは、ちゃんと《酢《す》づけプラム》とラベルのある木箱《きばこ》のうしろにありました。

チェイスはふたをあけ、ドラゴンのドアノブ、いやエクスカリバーの柄《つか》をとりだすと、かわりにかくしておいたぼうしをまるめてつめ、かばんをかかえて走《はし》りだしました。

アリも、かくしておいた愛用《あいよう》のカメラをドレスの中《なか》にしまうと、チェイスを追《お》ってかけだしました。

城《しろ》の広場《ひろば》は、ものすごいひとだかりでした。

みなこの日《ひ》を楽《たの》しみにしていたのでしょう。まるでお祭《まつ》りのようなにぎわいです。今朝《けさ》のフリーマーケットなんて、これにくらべたらちっぽけなものです。

「この中《なか》からどうやってマーリンをさがせばいいんだ?」

チェイスがそうつぶやいていると、アリはドレスのすそをちょこっとつまみ、

「ごめんあそばせ」

と、おしあいへしあいする観客《かんきゃく》の中《なか》に入《はい》っていきました。

すると、アリの高貴《こうき》なドレスに気《き》がついたおじさんが、

「お、これはおひめさま、どうぞお通《とお》りください」

と、道《みち》をあけてくれ、さらにまえのほうへ、

「おーい、どいてさしあげろ。ひめさまのお通《とお》りだ」

と、大声《おおごえ》で指図《さしず》してくれたのです。

きっと、貴族《きぞく》のご令嬢《れいじょう》とでも思《おも》ってくれたのでしょう。

おかげでアリは、あれよあれよというまに広場《ひろば》の最前列《さいぜんれつ》におしだされていました。

うしろから、チェイスもなんとかはいでてきます。

「おそかったね。おにいちゃん!」

「ぼくは、そんなすてきなドレス着《き》てないからな」

チェイスがにがわらいして、マーリンをさがそうとあたりを見《み》まわしたとき、ファンファーレが鳴《な》りひびきました。

パラパラッパッパー！

ひとびとの歓声《かんせい》が高《たか》まります。

「アーサー王《おう》だ、アーサー王《おう》がおでましだ！」

みなが口《くち》ぐちに声《こえ》をあげる中《なか》、召使《めしつか》いたちをしたがえ、銀色《ぎんいろ》のうつくしい鎧《よろい》をまとった騎士《きし》があらわれました。

アーサー王《おう》です。

絵《え》で見《み》たよりもずっと若《わか》くて、まだ少年《しょうねん》のような雰囲気《ふんいき》をまとっています。

チェイスも、思《おも》わずいっしょになってさけびました。目《め》のまえにほんもののアーサー王《おう》がいるなんて、夢《ゆめ》のようです。

「シンデレラのお話《はなし》にでてくる王子《おうじ》さまみたい！」

アリも、すっかりうっとりしています。

つづいて、もう一方《いっぽう》の角《かど》から、四人《にん》の騎士《きし》たちがぞろぞろとやってきました。ひときわ目立《めだ》つ大男《おおおとこ》がビッグ・ロブでしょう。

「あんなヒグマのような武者《むしゃ》が相手《あいて》だと、さすがにうちの王《おう》さまもきびしいんじゃないか？」

「ばかいうな。王《おう》にはエクスカリバーがあるんだぞ。どんな怪力《かいりき》じまんの相手《あいて》でもかなうわけがないさ」

町《まち》のひとたちがあれこれうわさをしています。

チェイスがもっと近《ちか》くでアーサー王《おう》を見《み》ようと身《み》をのりだしたとき、頭巾《ずきん》のようなものをかぶった灰色《はいいろ》のマントを着《き》た男《おとこ》が、うしろからアリをおしのけてまえにでてきました。

「じゃまだ、どけ」

男《おとこ》はチェイスとアリをひとにらみすると、試合場《しあいじょう》のほうに近《ちか》づいていきます。

男《おとこ》の顔《かお》にチェイスはおどろいて、その場《ば》にたちつくしました。

自分《じぶん》の目《め》がしんじられません。

だって、その男《おとこ》はここにいるはずのない男《おとこ》。フリーマーケットで見《み》かけた、あの灰色《はいいろ》の男《おとこ》だったのです。

そして、その目《め》はオッド・アイ――左右《さゆう》の目《め》の色《いろ》がちがっていました！

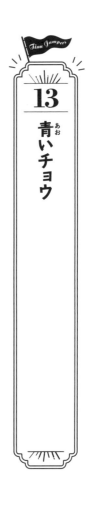

13
青《あお》いチョウ

チェイスは、男《おとこ》から目《め》をはなさずに、地面《じめん》に置《お》いていた旅行《りょこう》かばんを、つま先《さき》でアリのほうへおしやりました。アリがすそをもちあげて、ドレスの中《なか》にすばやくかくします。

「見《み》つからないように、たのむ」

アリがうなずいてから、ささやきました。

「つまり……エクスカリバーの柄《つか》をぬすみ、マーリンをとじこめて、今《いま》そこにいるオッド・アイの男《おとこ》は……今朝《けさ》のフリーマーケットでかばんをさがしてた灰色《はいいろ》の男《おとこ》と、まさかの同一人物《どういつじんぶつ》!?」

「ああ。やっぱり、あいつはいいやつなんかじゃないんだ。でも、なにをたくらんでいるんだろう」

チェイスはつぶやきました。

パラパラッパッパー!

そのとき、ふたたびファンファーレがひびき、白《しろ》い馬《うま》にのった、うつくしい女《おんな》のひとがあらわれました。グィネヴィア王妃《おうひ》です。

ふたりがだまってドレスを借《か》りた方《かた》です。見《み》つかったらどうしようとアリは、チェイスのうしろにかくれました。

灰色《はいいろ》の男《おとこ》は、王妃《おうひ》のまえでうやうやしくおじぎをし、むかしからの友《とも》だちのように、ひとことふたことわらいあうと、着《き》かざった人《ひと》たちの横《よこ》にすわりました。

チェイスたちのまわりで、ひとびとがざわつきました。

「だれだいあの方《かた》は？」

「なんでも東《ひがし》からやってきたランドルとかいう大商人《だいしょうにん》らしい。ふしぎな宝《たから》をプレゼントして、今《いま》では王妃《おうひ》さまのお気《き》に入《い》りとか」

あの男《おとこ》はランドルというのか……。

ランドルの近《ちか》くには見《み》おぼえのある男《おとこ》たちがいます。さっき物《もの》置《おき》部屋《べや》のまえで、悪《わる》だくみについて話《はな》していた騎士《きし》たちです。

チェイスがランドルをじっと見《み》つめていると、一ぴきの青《あお》いチョウがひらひらとんできて、そのままアリのまわりをくるっとまわりました。

「わあ、きれいなチョウ……」

青《あお》いチョウは灰色《はいいろ》の男《おとこ》のそばをとおり、王《おう》のもとへととんでいきます。

と、そのとき玉座《ぎょくざ》の近《ちか》くで、試合《しあい》に使《つか》うため、エクスカリバーを箱《はこ》からとりだそうとした小姓《こしょう》のひとりが悲鳴《ひめい》をあげました。

「アーサー王《おう》さま、たいへんです、エクスカリバーが……」

そこにあったのは剣《けん》だけで、ドラゴンの柄《つか》がないのです。柄《つか》がなければ、剣《けん》をふるうことはできません。

「いったいだれがこんなことを……」

アーサー王《おう》がうめくと、灰色《はいいろ》の男《おとこ》が声《こえ》をあげました。

「この宝剣《ほうけん》は王《おう》のあかし。これをこわせるのは、偉大《いだい》なる魔法使《まほうつか》いしかおるまい」

「まさか、マーリンのしわざだというのか？　そんなばかな」

王《おう》がきくと、灰色《はいいろ》の男《おとこ》は首《くび》を横《よこ》にふりました。

「でしたら、魔法使《まほうつか》いはどうしてこの場《ば》にいないのです？」

「それは……」

王《おう》は、まだしんじられないという顔《かお》をしています。

すると、若《わか》いほうの騎士《きし》が、灰色《はいいろ》の男《おとこ》と目《め》くばせをし、うしろの兵士《へいし》たちに命《めい》じました。

「マーリンをさがしてつかまえてこい」

兵士《へいし》たちはすぐさま隊列《たいれつ》を組《く》んで、城《しろ》のほうへ走《はし》っていきます。

それにしても、マーリンはいったいどうしたのでしょう。

すがたを見《み》せれば、こんなうたがいはすぐはれるというのに。もしかして灰色《はいいろ》の男《おとこ》におそれをなして、ほんとうににげてしまったとか……？

アリがやきもきしていると、アーサー王《おう》がたちあがり、会場《かいじょう》に集《あつ》まっていたひとびとにむかって、高《たか》らかにつたえました。

「エクスカリバーがなくとも、かまわぬ。みなのもの、試合《しあい》をはじめようではないか」

ひとびとは大歓声《だいかんせい》をあげました。

アーサー王《おう》は手《て》をあげてこたえ、長《なが》いあごひげの大臣《だいじん》が用意《ようい》させた剣《けん》をにぎり、たてをつかむと、挑戦者《ちょうせんしゃ》たちをよびました。

ひとりめは隣国《りんごく》からやってきた若《わか》い騎士《きし》です。王《おう》さまに勝《か》てば騎《き》士《し》団長《だんちょう》になれるときいて、いさんで剣《けん》をふりまわしました。

けれどもアーサー王《おう》は、するどい剣《けん》をかろやかにかわし、見事《みごと》な剣《けん》さばきでその騎士《きし》の剣《けん》をはねとばしました。

「まだまだ、だな。だが、おまえの勇気《ゆうき》はかおう。その気《き》があれば、騎士《きし》のひとりとしてわたしに仕《つか》えなさい」

「はは、ありがたき幸《しあわ》せ」

若《わか》い騎士《きし》は、感激《かんげき》して頭《あたま》をさげました。

「アーサー王《おう》ってば、強《つよ》いだけじゃないんだね」

アリがいうと、チェイスもうなずきました。

「だから、王《おう》のもとへ、多《おお》くの騎士《きし》たちが集《あつ》まってきたんだよ」

それがのちに十二人《にん》の円卓《えんたく》の騎士《きし》となり、アーサー王《おう》の部下《ぶか》として大活躍《だいかつやく》するのです。

チェイスは、むねのどきどきがとまりませんでした。その物語《ものがたり》を今《いま》、この目《め》で見《み》ているのですから。

アーサー王《おう》は挑戦《ちょうせん》をつぎつぎにしりぞけ、いよいよビッグ・ロブが登場《とうじょう》しました。ビッグ・ロブはにっとわらうと、王《おう》の剣《けん》よりも何倍《なんばい》も大《おお》きい剣《けん》を背中《せなか》からぬきました。

「そんな武器《ぶき》はずるいぞ！」

ひとびとがさわぎたてましたが、ビッグ・ロブはおかまいなしに剣《けん》をふりまわしました。

これまでの相手《あいて》と同《おな》じように試合《しあい》がはじまります。でも、これまでとはちがって……はねとばされたのは王《おう》の剣《けん》のほうでした。

ガシャン！

ビッグ・ロブの剣《けん》がふりおろされ、王《おう》のたての一部《いちぶ》がふっとびます。いくら剣《けん》がすごいからといって、鉄《てつ》のたてがそんなかんたんにわれるはずがないので、オッド・アイの男《おとこ》と大臣《だいじん》がなにか仕《し》組《く》んだにちがいありません。

勝負《しょうぶ》はきまったはずなのに、ビック・ロブは攻撃《こうげき》の手《て》をゆるめません。チェイスはうろたえました。王《おう》の劣勢《れっせい》にしんとしずまり

かえったひとびとのあいだに目《め》を走《はし》らせます。

オッド・アイの男《おとこ》が、うすらわらいをうかべて試合《しあい》のゆくえを見守《みまも》っています。

マーリンはどこにいるのでしょう？

このままではアーサー王《おう》が殺《ころ》されてしまいます！

「なんとかしなきゃ。もう時系列《じけいれつ》がどうのこうのなんて、いってられない！」

と、そのとき、どこからか声《こえ》がきこえてきました。

「小《ちい》さな騎士《きし》どのよ、今《いま》こそ、エクスカリバーをとりもどすのじゃ」

「えっ！」

アリにもその声《こえ》がきこえたのでしょう。

「おにいちゃん、今《いま》なら宝剣《ほうけん》の箱《はこ》をだれも見《み》ていないよ！」

チェイスはうなずきました。

宝剣《ほうけん》さえとりもどせば、こちらにはドラゴンのドアノブがあるのです。きっとマーリンが、魔法《まほう》で剣《けん》をなおしてくれるでしょう。

「アリはここでまってて」

チェイスは、ドラゴンのドアノブをにぎりしめると、走《はし》りだしました。

14 大《だい》ピンチ!

チェイスは、試合《しあい》のうごきを目《め》で追《お》いながら、ジリジリと宝剣《ほうけん》の入《はい》っている箱《はこ》に近《ちか》づいていきました。

(どうにかして、エクスカリバーをとりかえさなきゃ)

アーサー王《おう》は地面《じめん》をけんめいにころがりながら、ふりおろされるビッグ・ロブの剣《けん》をなんとかよけています。その剣《けん》は、今《いま》、王《おう》の頭《あたま》からわずかにはずれ、大地《だいち》をたたきのめしました。

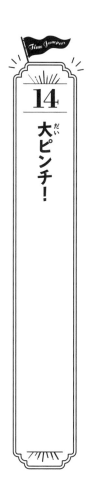

ひとびとは息《いき》をとめたように、そんな王《おう》を見《み》つめています。

すべての目《め》が試合《しあい》にくぎづけになっているあいだに、チェイスはついに、玉座《ぎょくざ》のとなりにおいてある箱《はこ》にたどりつき、ふたをあけて宝剣《ほうけん》をとりだしました。

「やった！　マーリン、はやくきて！」

思《おも》わずチェイスがさけんだのと、ひょいとだれかにえりくびをつかまえられたのは同時《どうじ》でした。

「なんだ、おまえは、ここでなにをしている？」

ふりむけば、あの灰色《はいいろ》の男《おとこ》です。

まずい！　チェイスはとっさに剣《けん》から手《て》をはなし、両《りょう》うでを高《たか》

くあげました。王妃《おうひ》の部屋《へや》から借《か》りたシャツはおとな用《よう》でぶかぶかだったので、運《うん》よくするりとぬげました。

T《ティー》シャツすがたになったチェイスを見《み》たとたん、灰色《はいいろ》の男《おとこ》はぎょっとして目《め》をまるくしました。

「おのれ、わたしの旅行《りょこう》かばんをぬすんだのは、おまえだな」

「おにいちゃん、気《き》をつけて！　こっち！」

こっそりあとをつけてきたアリが、うしろでひっしに手《て》をふっています。

「遊《あそ》びはここまでだ。むすめ、足《あし》もとのそのかばんを返《かえ》せ！」

灰色《はいいろ》の男《おとこ》がアリにとびかかりました。

「アリ、にげろ！」

アリが思《おも》わず目《め》をつむったときです。

とつぜん、かみなりがあたりにとどろきました。

おそるおそる見《み》てみると、アリを守《まも》るように青《あお》いチョウが鼻先《はなさき》にとまっています。

「さあ、おそれるでない、未来《みらい》からきた子《こ》どもたちよ、エクスカリバーをよみがえらせるのじゃ！」

またさっきの声《こえ》がして、あたりを見《み》まわすと、チョウのうしろにマーリンのすがたがうっすらと見《み》え、それがしだいに濃《こ》くなっていきます。手《て》にした杖《つえ》から、ほとばしるかみなりビーム。

魔法使《まほうつか》いマーリンが灰色《はいいろ》の男《おとこ》のうごきをとめてくれています。

いえ、それどころかあたりの時間《じかん》がすべてとまっていました。

王《おう》も、ビッグ・ロブも、悲鳴《ひめい》をあげる王妃《おうひ》さまも。

国中《くにじゅう》のひとびとが泣《な》きさけんでいるような顔《かお》で、その場《ば》にかたまっていました。木《き》の上《うえ》からとびたったばかりの小鳥《ことり》も空中《くうちゅう》にういたままです。

「マーリン。でも、ぼくたち、どうしたらいいの！　あなたの魔《ま》法《ほう》でなんとかならないいんですか！」

チェイスが泣《な》きそうな声《こえ》できくと、マーリンは首《くび》をふりました。

「未来《みらい》の力《ちから》に魔法《まほう》は勝《か》てん。だが、おまえさんたちならできる」

「でも、そんなのって……」

「自分《じぶん》をしんじるのだ」

いいかえそうとしたチェイスでしたが、ふと、自分《じぶん》とアリが今《け》朝《さ》のフリーマーケットで協力《きょうりょく》しあったことを思《おも》いだしました。

チェイスの心《こころ》を読《よ》んだかのように、アリがいいます。

「うん、あたしたち、いいチームだよね」

チェイスとアリはうなずきあうと、宝剣《ほうけん》をつかみました。それは思《おも》っていたよりもずっしりと重《おも》く、よろけそうでしたが、なんとかもちあげ高《たか》くかかげました。

マーリンがまた大《おお》きなビームをはなちました。

その光《ひかり》の中《なか》で、灰色《はいいろ》の男《おとこ》が、いかりに顔《かお》をまっ赤《か》にしています。

「いそげ、わしの力《ちから》にもかぎりがある」

灰色《はいいろ》の男《おとこ》はやがてふたたびうごきはじめ、かみなりの光線《こうせん》をあびながらも、少《すこ》しずつマーリンに近《ちか》づいてきます。

「あとは、これだ、はやく！」

チェイスがポケットからドラゴンのドアノブをとりだして、アリに手《て》わたします。ブーンとにぶい音《おと》がして、ドラゴンの頭《あたま》がかがやきだしました。すると宝剣《ほうけん》の刃《は》も同《おな》じように、ブーンとふるえながら光《ひか》りはじめたではありませんか。

「いくぞ、アリ」
「オーケー、おにいちゃん」
ふたりは、くっつきあうようにして、剣《けん》に柄《つか》をさしこみました。
（エクスカリバー、アーサー王《おう》を、どうかたすけて！）

ふたりがそう強《つよ》くいのったとたん、宝剣《ほうけん》の柄《つか》と刃《は》がぴったりとあわさり、ひときわ大《おお》きなかがやきをはなちました。

エクスカリバーは、ここに復活《ふっかつ》したのです。

「うそみたい、あたしたちに、こんな力《ちから》があったなんて」

アリがしんじられないとばかりに、こそっといいました。

「見て、おにいちゃん。剣《けん》と柄《つか》もほら、もとにもどれてよろこんでいるみたい」

「まぐれっていうやつだな。でも、そんなことより先《さき》に……」

チェイスはきびすをかえすと、すぐさまアーサー王《おう》にむかって、エクスカリバーを思《おも》い切《き》りほうりなげました。

あんなに重《おも》かったはずなのに、それは少《すこ》しも感《かん》じずに。
「アーサー王《おう》！　ほら、これをうけとって！」

15 魔法使《まほうつか》いの弟子《でし》

アーサー王《おう》は、危機一髪《ききいっぱつ》でエクスカリバーをうけとりました。

ビッグ・ロブの一《いち》げきを見事《みごと》に、宝剣《ほうけん》でふせいだのです。

こうなると、もうビッグ・ロブに勝《か》ち目《め》はありません。

伝説《でんせつ》の宝剣《ほうけん》エクスカリバーは、まるで心《こころ》がある生《い》き物《もの》のようにうごき、敵《てき》の剣《けん》とカンカンカンカンうちあいながら、たちまちビッグ・ロブを追《お》いつめてしまいました。

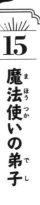

ビッグ・ロブの大《おお》きな剣《けん》がはじきとばされ、くるくるとまわりながら、空高《そらたか》くとんでいきます。

「アーサー王《おう》、ばんざーい！」

ひとびとの大歓声《だいかんせい》がまきおこりました。チェイスとアリも、みんなにあわせてさけびました。

「ああ、よかった……」

チェイスが、ほっとため息《いき》をつきました。

「おにいちゃん、大活躍《だいかつやく》だったね！　ねえ、いつから、あんな怪力《かいりき》になったの？　エクスカリバーを紙飛行機《かみひこうき》みたいにとばしちゃうなんて」

アリのいい方《かた》に、チェイスは思《おも》わずわらってしまいました。

「どうしてか、ちっとも重《おも》くなかったんだ。それに、大活躍《だいかつやく》は、ぼくだけじゃない、おまえもだろ」

ふたりは顔《かお》を見《み》あわせてにっこりすると、きょう二回目《かいめ》のハイタッチをしました。そんなふたりをちらりと見《み》て、アーサー王《おう》はほほえんでいました。


「それで、これからどうなるっていうの？　エクスカリバーはもとにもどって、アーサー王《おう》はぶじだった。歴史《れきし》は変《か》わらなかったから、あたしたちは家《いえ》にもどれる？」

「だといいけどな」

そうつぶやいたチェイスが、はっと顔《かお》をあげました。

「はなせ！」と、大《おお》きな声《こえ》がしたからです。

見《み》ると、あの灰色《はいいろ》の男《おとこ》です。アーサー王《おう》とマーリンが先《さき》にたち、兵士《へいし》たちが男《おとこ》をひったてています。

「はなせ！　あのこぞうが、わたしのかばんを……」

男《おとこ》が、チェイスとアリをにらみつけました。

「ざんねんだが、ランドル。そなたはなにかを要求《ようきゅう》できる立場《たちば》にはない。マーリンにたのんでねずみに変《か》えて、タカ小屋《ごや》にほうりこんでやってもよいのだぞ」

アーサー王《おう》がいいましたが、男《おとこ》はただ首《くび》をふるばかりです。

「ランドルとやら、心配《しんぱい》せずともよいぞ。地下牢《ちかろう》ではよくぶかい騎士《きし》どのふたりと、ビッグ・ロブもいっしょじゃ。ちょいとばかり、せまくなるかもしれんがのう」

マーリンが、くつくつとわらいました。

若《わか》き王《おう》は、灰色《はいいろ》の男《おとこ》をもういちどにらみつけると、エクスカリバーをこしにもどし、チェイスとアリにむきなおりました。

「さて、きみたちははじめてみる顔《かお》だな。マーリンの……まごか？」

「いえ、とんでもないです」

チェイスが首《くび》をふると、アリが横《よこ》から口《くち》をだしました。

「あたしたち、遠《とお》くからやってきたの」

すると、マーリンがチェイスとアリにむかって片目《かため》をつむって、

「そう、時《とき》をこえ、はるかな遠《とお》くから。まあ、わしの弟子《でし》みたいなものと思《おも》ってくだされ」

マーリンの弟子《でし》だなんて、サイコーです。

チェイスは大《おお》きくうなずきました。

「こわれてしまったエクスカリバーをなおしたのは見事《みごと》だった。すばらしい魔法《まほう》だ。ほうびをとらせよう。なにがよい？」

チェイスは緊張《きんちょう》しながらも、どうどうと答《こた》えました。

「お役《やく》にたてて光栄《こうえい》です。でも、せっかくなんですけど、ぼくたち、なにももってかえれないんです」

すると、そばでアリが声《こえ》を強《つよ》めていいました。

「えーもったいないよ！」

「いや、だめだ」

チェイスは、はっきりいうと、アリにこっそりいいました。

「だれかさんが過去《かこ》からエクスカリバーの柄《つか》をもちだしたから、こんなことになったんだろ？　歴史《れきし》を変《か》えちゃだめなんだ」

そのときふいに、アリの足《あし》もとに置《お》いてあった旅行《りょこう》かばんが、ひとりでにガタガタゆれて、ブーンと鳴《な》りはじめました。

チェイスがしゃがんで、ふたをあけると、四列目《れつめ》にひとつきりおさまっていたリモコンのようなものがいきおいよくとびだして、アリの手《て》にすぽっとおさまったのです。

「おにいちゃん、これ見《み》て、赤《あか》いボタンがピカピカしてる！」

「ほう。そのかばんが、うちにもどりたがっているのじゃろうな」

マーリンのことばに、チェイスもうなずきました。

「魔法使《まほうつか》いどうし、ゆっくりお茶《ちゃ》でもと思《おも》ったが、そうもいくまい。そのかばんを見《み》ると、おまえさんたちには、もっとほかにもしなければならないことがありそうだしの」

そういってマーリンは、ウインクしました。

チェイスもにやっとうなずいて、ふたをしめると、左手《ひだりて》で旅行《りょこう》かばんをもち、右手《みぎて》でアリの手《て》をぎゅっとにぎりました。

「アリ、そのボタンをおしてごらん」

「え、これ？」

アリが、リモコンのボタンをおしたとたん、チェイスの思《おも》ったとおり、大地《だいち》がぐるぐるまわりはじめ、ふたりはふしぎなうずの中《なか》にのみこまれていきました！

「さよなら、マーリン！　お元気《げんき》で、アーサー王《おう》！」

チェイスは大声《おおごえ》でさけびました。

「えーっと、うちのアニキがうるさいんで、お借《か》りしてた王妃《おうひ》さまのドレス、おかえししまーす！」

アリはドレスをぬぐと、マーリンにむかってほうりなげました。

王妃《おうひ》のドレスは天女《てんにょ》のヴェールのように、ふわりと広《ひろ》がりました。

中世《ちゅうせい》のグレート・ブリテンは、うずまく空《そら》と大地《だいち》にすいこまれていきます。アーサー王《おう》とマーリンがいつまでも手《て》をふっているのが目《め》のはしに見《み》えた気《き》がしました。

そしてチェイスがさいごにきいたのは、

「かならず見《み》つけるからな、タイム・ジャンパー！　その旅行《りょこう》かばんはわたしのものだ！」

という、ランドルのさけび声《ごえ》でした。

16

結成《けっせい》、タイム・ジャンパーズ！

気《き》がつくとチェイスとアリは、あの児童公園《じどうこうえん》で、大《だい》の字《じ》にひっくりかえっていました。

「あ、小鳥《ことり》がとんでる……」

アリがおきあがり、いつもの見《み》なれた景色《けしき》を目《め》にして、両手《りょうて》を空《そら》にあげたまま、くるくるとおどってみせました。

「おにいちゃん、おきて、おきて。あたしたち帰《かえ》ってきたよ！」

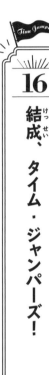

「あ、イテテテ……」

チェイスのほうもしかめつらして、からだをおこしました。

「この旅行《りょこう》かばんのやつ、乗《の》りごこちはサイアクだな」

「でも、よかった。あたしたちの時代《じだい》にもどれて」

アリがチェイスをひっぱりおこします。

「今《いま》、何時《なんじ》ごろだろ。ほんとうに、ここはぼくらの時代《じだい》かな」

ふたりは魔法使《まほうつか》いマーリンに出会《であ》って、アーサー王《おう》をたすけるために大活躍《だいかつやく》をしたのです。

すくなくとも半日《はんにち》はたっていそうでした。

すると、アリがすぐ近《ちか》くのベンチにたてかけた自転車《じてんしゃ》を指《ゆび》さしました。

「ほら、そこ。自転車《じてんしゃ》のかごに、あたしたちがフリマで買《か》ったものがちゃんと入《はい》ってる」

アリのチュチュや写真《しゃしん》たて、大《おお》きなサングラスがありました。チェイスが手《て》に入《い》れた古本《ふるほん》や恐竜《きょうりゅう》のおもちゃ、ルービックキューブや、さいころ入《い》りの革《かわ》ぶくろもぶじでした。

太陽《たいよう》もまだ、西《にし》の空《そら》の高《たか》いところでかがやいています。

「ふうん、なるほど。この旅行《りょこう》かばんのタイム・トラベルって、そんなに時間《じかん》はかからないみたいだな……」

チェイスが空《そら》を見《み》あげながらうでぐみして考《かんが》えこんでいるあい

だに、アリは自分《じぶん》の自転車《じてんしゃ》のハンドルをつかんで、チリン、チリンとベルを鳴《な》らしました。

「はやくうちに帰《かえ》ろう。おなかすいちゃった」

ふたりが家《いえ》についても、ママたちはまだマーケットからもどっていませんでした。

リビングの時計《とけい》は、午後《ごご》四時《じ》を少《すこ》しすぎたところ。

「ほんとうにぜんぜん、時間《じかん》はたっていなかったんだなあ」

チェイスは自分《じぶん》の部屋《へや》にもどると、買《か》った古本《ふるほん》を本《ほん》だなにしまい、恐竜《きょうりゅう》を机《つくえ》にかざり、古《ふる》い旅行《りょこう》かばんをゆかに広《ひろ》げてみました。

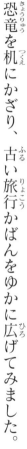

あのドアノブがあった場所《ばしょ》には、まだぼうしがつまっています。

「あのドラゴンの頭《あたま》が、アーサー王《おう》の伝説《でんせつ》の宝剣《ほうけん》エクスカリバーの一部《いちぶ》だったなんて……」

おんぼろの旅行《りょこう》かばんを見《み》つめながら、チェイスはつぶやきました。

このぼくが、魔法使《まほうつか》いのマーリンにも会《あ》ったなんて！　クラスの連中《れんちゅう》はぜったいにしんじないだろうな。

そんなことを思《おも》っていると、自分《じぶん》の部屋《へや》にもどっていたアリが、「コン、コン」と声《こえ》でノックの音《おと》をたてて顔《かお》をのぞかせました。

「おにいちゃん、入《はい》るよ」

見《み》れば、さっき買《か》ったチュチュを着《き》ています。

「どう、これ」

「ああ、よくにあうよ」

「とかいって、ちっとも見《み》てないじゃない」

アリは口《くち》をとんがらせ、旅行《りょこう》かばんの中《なか》をのぞきこみました。

「でも、もったいなかったね、せっかくならやっぱり、ごほうびもらえばよかった。このチュチュににあう宝石《ほうせき》とかさ。ちっちゃくてかわいいやつ」

「ぼくだってそう思《おも》うけど、過去《かこ》からなにかもちかえったらだめなんだ。ざんねんだけどね」

チェイスがいうと、アリはひょいと肩《かた》をすくめました。

「おにいちゃんって、そういうとこ、頭《あたま》かたいよね」

「うるせえ」

チェイスがわらって、まくらを投《な》げました。

するとアリは、小《こ》わきにかかえていた写真《しゃしん》たてをチェイスにさしだしました。

「じゃあ、はい、これ、プレゼント」

見《み》ればアーサー王《おう》がエクスカリバーをかかげている写真《しゃしん》が入《はい》っています。ビッグ・ロブをたおしたときのものです。

「えっ、いつのまに撮《と》ったの？」

チェイスはおどろきとうれしさで声《こえ》もでません。「おまえって
やつは……」と、アリをぎゅっとだきしめました。
「ありがとう」

アリはわらって、

「これぐらいならセーフ？」

とききました。

「たぶんね」

まあ、アーサー王《おう》は、チェイスたちのハイタッチも知《し》っているのです。もしかしたら、キャメロット城《じょう》で今《いま》ごろはやっているかもしれません。それも歴《れき》史《し》にさわったことになるのでしょうか。

アリがまた、おんぼろ旅行《りょこう》かばんをのぞきこみました。

「それにしても、まだ七つもあるんだね」

「なにが？」

「だから時間旅行《じかんりょこう》のきっぷ」

チェイスは、はっとしました。

「そうか……あのドアノブだけって考《かんが》えるほうがおかしいか」

「うん。この羽根《はね》とか、エメラルドグリーンのこん虫《ちゅう》のブローチ？も、なにか歴史《れきし》の中《なか》でだいじなものってことかもよ」

灰色《はいいろ》の男《おとこ》ランドルが旅行《りょこう》かばんをさがしていたのは、中《なか》のものがほしかったからにきまっています。

目的《もくてき》はわからないけれど、だいじなものだったら、もとにもどさないと、きっとたいへんなことがおきるのでしょう。

アーサー王《おう》の宝剣《ほうけん》のように……。

「近《ちか》いうちに、あのフリーマーケットのかばん屋《や》さんのおねえさんにきいてみなくちゃな。あのひと、名前《なまえ》なんていったっけ……」

「マデレンよ。でも、どこにすんでるか、知《し》らないよ。フリーマーケットできいてみる？」

アリにいわれて、チェイスは首《くび》を横《よこ》にふりました。

「フリマはずいぶん先《さき》までないだろ。それより、自然史博物館《しぜんしはくぶつかん》にいってみよう。たしかマデレンのおじさんが働《はたら》いてるはずだ」

「さすが、おにいちゃん」

「だって、のんびりしていられないかもしれないぜ？　マーリンもいってたよね。ぼくたち、もっとほかにもしなければならないことがありそうだって」

「うん、タイム・ジャンパーね」

アリがうなずくと、チェイスがいいなおしました。

「タイム・ジャンパーじゃなくて、タイム・ジャンパーズ。ぼくらはふたりでチームだろ」

アリとチェイスが、チーム結成《けっせい》の意味《いみ》をこめて、きょう三度目《どめ》のハイタッチをしたとき、玄関《げんかん》でママの声《こえ》がきこえました。

「ただいま〜。すぐに夕《ゆう》ごはんにするから、おりてらっしゃい」

「はあい」

チェイスとアリは声《こえ》をそろえて返事《へんじ》をすると、旅行《りょこう》かばんのふたをとじてベッドの下《した》におしこみ、部屋《へや》からでていきました。

でも、そのとき、おんぼろ旅行《りょこう》かばんが、カタカタ、カタカタカタと小《ちい》さくゆれて、ブーンとかすかな音《おと》をたてはじめたのには気《き》がつきませんでした。中《なか》ではエメラルドグリーンのこん虫《ちゅう》のブローチが、にぶく光《ひか》っています。

チェイスとアリ、ふたりのタイム・ジャンパーズのあらたな冒険《ぼうけん》が、ふたたびはじまろうとしていたのです。

もっと知《し》りたい！ ファンルーム

チェイスとアリの冒険《ぼうけん》、楽《たの》しんでもらえたかな？　ふたりがタイムジャンプした舞台《ぶたい》、グレート・ブリテンやアーサー王《おう》について、もっと知《し》りたくなったんじゃない？　チェイスが色々《いろいろ》しらべたみたいだからきいてみよう！

（わたし、質問係《しつもんがかり》やるね！　by アリ）

Q1 で、けっきょくわたしたち、どこらへんにタイムジャンプしたの？

いまのイギリス。イギリスって、イングランドとスコットランド、ウェールズの三つの国《くに》があるグレート・ブリテン島《とう》とアイルランド島《とう》（北東部《ほくとうぶ》）による連合国《れんごうこく》家《か》なんだ。で、アーサー王《おう》たちがいたのは、今《いま》のウェールズから、イングランドの南西部《なんせいぶ》のサマセット地方《ちほう》あたり、といわれてる。ほら、ウェールズの国旗《こっき》に赤《あか》い竜《りゅう》があるだろ、これなんだかわかる？

あ、ペンドラゴンだ！

そう。アーサー王《おう》のおとうさんの称号《しょうごう》がのこっているんだよ。

▼ウェールズの国旗

▼イギリスの地図

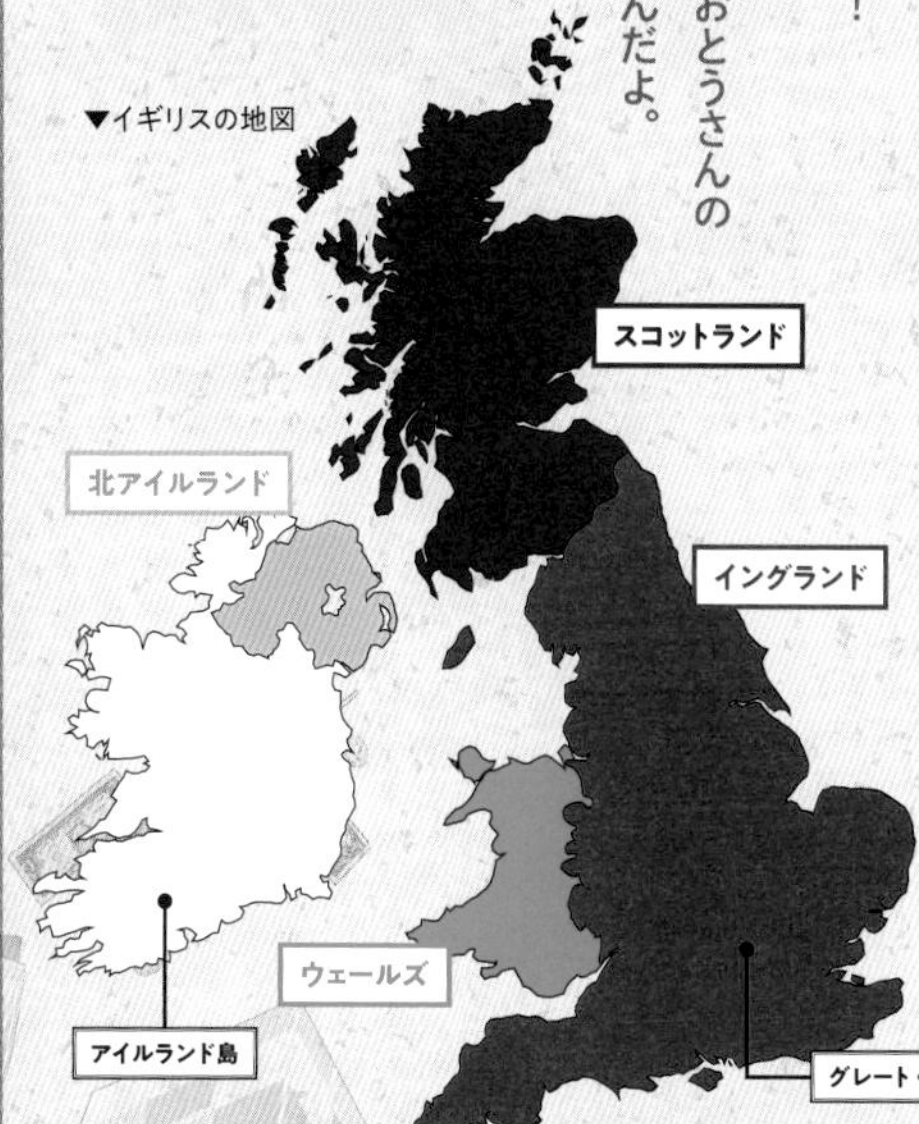

Q2 ひとびとは、どんなくらしをしていたの？

とにかく、ナイフとパン！

え、え、え？

テーブルにパンをひいて、その上《うえ》に肉《にく》のかたまりをおいて、ナイフで切《き》りながら、手《て》でがつがつ食《た》べるんだ。フォークが使《つか》われるようになったのは十一世紀《せいき》ごろからだから、それまでは王《おう》さまや貴族《きぞく》たちでさえ、みんなナイフだけ。あとは手《て》づかみで食《た》べていたんだよ。きのうの晩《ばん》ごはんでアリもやってたろ、中世風《ちゅうせいふう》にガブッと。

フライドチキンはいいの！

ちなみにスプーンはあったけど、たいていはカップを鍋《なべ》につっこんでスープをのんでいたんだって。

わおっ！　ちょっとやってみたいかも……。

Q3 騎士《きし》の試合《しあい》ってほんとにやってたの？

もちろん！　あの時代《じだい》は戦争《せんそう》ばかりしてたんだ。だから強《つよ》い戦士《せんし》がいつだって必要《ひつよう》で、試合《しあい》はその試験《しけん》みたいなものだよ。

アーサー王《おう》の試合《しあい》も、そのためだったんだね。

はじめは身分《みぶん》も関係《かんけい》なくて、強《つよ》ければだれでも騎士《きし》になれた。でも、英雄《えいゆう》としてあこがれられる存在《そんざい》になってからは、ただ強《つよ》いだけじゃだめになったんだ。騎士《きし》に必要《ひつよう》な三つの資格《しかく》って知《し》ってる？

イケメン！　背《せ》が高《たか》い！　もうひとつはお金持《かねも》ち！　いや性格《せいかく》のよさかなあ？

ブブー。主君《しゅくん》への忠誠《ちゅうせい》、名誉《めいよ》と礼儀《れいぎ》、そして女性《じょせい》への愛《あい》とやさしさ。それが騎士道《きしどう》というものさ(キリッ)。

……………。

Q4 アーサー王《おう》について知《し》りたい！

アーサー王《おう》は、ケルト系《けい》のブリテン人《じん》たちの王《おう》として、ザクセン人《じん》たちの侵略《しんりゃく》から国《くに》を守《まも》った英雄《えいゆう》だよ。

どうして人気《にんき》があるの？　強《つよ》かったから？

魔法使《まほうつか》いマーリンや円卓騎士《えんたくきし》とよばれた十二人《にん》の騎士《きし》たちとともに、仲間《なかま》や恋人《こいびと》のためにいのちをかけて戦《たたか》ったからさ。それにたくさんのいいつたえがあるんだ。たとえば……おとうさんのペンドラゴンがなくなったあと、ログレス王国《おうこく》では、あとつぎが見《み》つからずにこまってた。石《いし》につきささった魔法《まほう》の剣《けん》エクスカリバーをぬいたものこそが正当《せいとう》な世継《よつ》ぎだといわれていたんだけど、だれもできなかったからね。ところがそこへひとりのみすぼらしい少年《しょうねん》がやってきて、するりとぬいてみせたんだ。

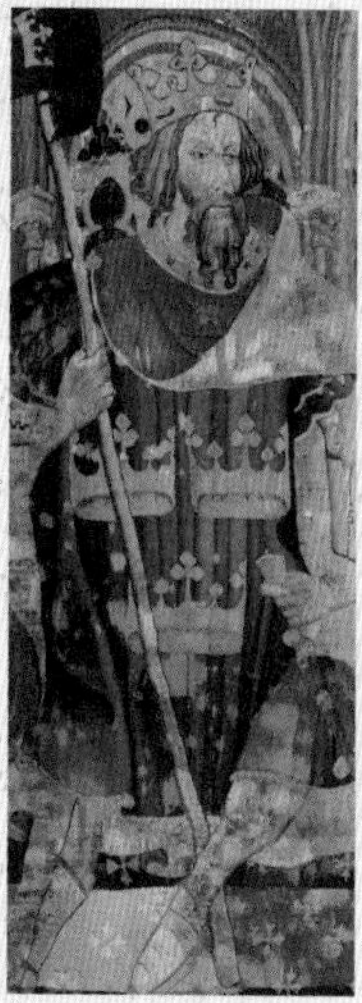

▶アーサー王の肖像画

それがアーサー王《おう》？

うん。少年《しょうねん》アーサーは、それまで森《もり》にかくれすんでいたんだ。やがてこの伝説《でんせつ》は、物語《ものがたり》となって読《よ》みつがれてきた。湖《みずうみ》の妖精《ようせい》ニニーヴにまつわる話《はなし》や、ヨーロッパ全土《ぜんど》をおさめたり、キリストの宝物《たからもの》のひとつである聖杯《せいはい》をめぐる冒険《ぼうけん》をしたり、王妃《おうひ》と騎士《きし》ランスロット卿《きょう》との禁《きん》じられた恋《こい》などがあったりしてね。

えっ、禁《きん》じられた恋《こい》？　それワクワクするっ。

Q5 それで……魔法使《まほうつか》いって、ほんとうにいたの？

魔《ま》法《ほう》がなにかによるけど、答《こた》えはイエス！

この前《まえ》まで、「ありえない」っていってたのに？

本物《ほんもの》のマーリンに会《あ》っちゃったからなあ。図書館《としょかん》でしらべてみたんだけど、アーサー王《おう》やマーリンたちケルトのひとびとの中《なか》には、そのむかし、森《もり》にすむドルイドという賢者《けんじゃ》がいて、神《かみ》さまの声《こえ》を伝《つた》えたり予言《よげん》をしたり、薬《くすり》をつくったりしていたそうだよ。その賢者《けんじゃ》たちが使《つか》ったのが「ワンド」という杖《つえ》なんだ。

魔《ま》法《ほう》の杖《つえ》ね！　マーリンも使《つか》ってたよね。

マーリンはおさないころに赤《あか》い竜《りゅう》と白《しろ》い竜《りゅう》をだして、ウェールズの勝利《しょうり》を予言《よげん》してみせたとか、有名《ゆうめい》なストーンヘンジの巨石《きょせき》サークルを魔《ま》法《ほう》でつくったとかいわれてる。ぼくは、その偉大《いだい》なる魔法使《まほうつか》いの弟子《でし》なんだぜ？

ちょっと、わたしもでしょ！

おたより、おまちしています！

〒105-0001
東京都港区虎ノ門2-2-5 共同通信会館9F
(株)文響社《ぶんきょうしゃ》「タイム・ジャンパーズ」係

いただいたおたよりは、
訳者・画家におわたしいたします。

ウェンディ・マス　(Wendy Mass)

ニュージャージー州生まれ、アメリカの児童文学作家。子どものころは宇宙飛行士になりたかった。これまでに29冊の児童書を刊行。邦訳作品に、アメリカ図書館協会シュナイダーファミリーブック賞を受賞した『マンゴーのいた場所』（金の星社）がある。

那須田 淳　(なすだ　じゅん)

静岡県に生まれる。ドイツ在住。早稲田大学卒業後、児童文学を書き始め『ペーターという名のオオカミ』（小峰書店）で第51回産経児童出版文学賞、第20回坪田譲治文学賞を受賞。『新訳　飛ぶ教室』（角川つばさ文庫）など翻訳書も数多く手がける。

よん

新潟県生まれのイラストレーター。イラストを手がけた主な作品に「恐怖コレクター」シリーズ（角川つばさ文庫）、『ナゾカケ』『伝説の魔女』（ともにポプラ社）、『古事記～日本の神さまの物語～』（学研プラス）などがある。

タイム・ジャンパーズ
①冒険は、ある日とつぜんに

2020年12月15日　第1刷

［作者］ウェンディ・マス　［訳者］那須田淳
［イラスト］よん

［デザイン］ムシカゴグラフィクス こどもの本デザイン室
［翻訳協力］村上利佳　［校正］株式会社ぷれす

［編集］森彩子
［発行者］山本周嗣
［発行所］株式会社　文響社
〒105-0001 東京都港区虎ノ門2-2-5 共同通信会館9F
ホームページ　http://bunkyosha.com
お問い合わせ　info@bunkyosha.com

［印刷・製本］中央精版印刷株式会社

ISBN978-4-86651-323-2 N.D.C.933/P184/18cm　Printed in Japan